自學韓語

實況溝通 **90** 篇

前言

　　由《藍色生死戀》到《大長今》，韓國流行文化早就打入華人市場。韓星李某某、朴某某、金某某等成功「入屋」，成為膾炙人口的演員。對我們來說，韓星名字何等親切。韓語呢？一堆橫豎圓，看上去總像拒人千里。

　　韓語並不如想像中難學！韓語其實是種很實用的表音文字。所謂表音文字，就像普通話的羅馬拼音。只要懂得 24 個基本發音符號，任何人都能朗讀一篇韓語文章。

　　本書適用於韓語初學者，每句話都有中韓對譯，並附羅馬拼音。內容包含完備的韓語溝通實況，貼近日常生活，生動有趣，帶給你不一樣的學習趣味。

　　本書的韓語錄音由韓籍錄音員朗讀，每一頁的韓語讀音，均提供 QR Code 讓讀者即時掃瞄聆聽。只要讀者反覆聆聽、跟讀，韓語會話能力必可提升。

使用說明		
同 同義示例	🐝 語文知識	上 對上司或長輩用語
反 反義示例	男 男性用語	下 對下屬和晚輩用語
類 類似示例	女 女性用語	省 省略下文
🗨 衍生對話	朋 朋輩用語	

目錄

目錄

Chapter 7 　消費

Chapter 8 　特殊場合

韓語字母羅馬音標對應表格		
母音 （21個）	單母音	ㅏ a ㅓ eo ㅗ o ㅜ u ㅡ eu ㅣ i ㅐ ae ㅔ e ㅚ oe ㅟ wi
	雙母音	ㅑ ya ㅕ yeo ㅠ yu ㅒ yae ㅖ ye ㅘ wa ㅝ wo ㅙ wae ㅞ we ㅢ ui
輔音 （19個）	平音	ㄱ g ㄷ d ㅂ b ㅈ j
	送氣音	ㅋ k ㅌ t ㅍ p ㅊ ch ㅅ s
	鼻音	ㅁ m ㄴ n ㅇ ng
	喉頭音	ㅎ h
	彈舌音	ㄹ r
	緊音	ㄲ kk ㄸ tt ㅃ pp ㅉ jj ㅆ ss

Chapter 1

交際

問候

🎧 010.mp3

朋	你好。	안녕？
		An nyeong?
上	您好。	안녕하세요？
		An nyeong ha se yo?

💬 안녕和안녕하세요都用在見面時問好，但是前者是半語，用於朋友熟人之間，相當於漢語的"你好"。後一個是敬語，用於不太熟悉的人之間，或者晚輩對長輩用的。韓語句子的結尾一般加"요""세요"表示尊敬。

	早上好。	좋은 아침입니다 .
		Jot eun a chim ip ni da.
上	好久不見。	오랜만입니다 .
		O raen man ip ni da.
上	好久不見。	同 오래간만입니다 .
		O rae gan man ip ni da.
朋	好久不見。	類 오래만이다 .
		o rae man i da.

💬 這兩句話是在很久不見的人之間說的，前一句是後一句的縮略句。這種以"- ㅂ니다"結尾的句子是最尊敬的形式；以"요"結尾的是比較尊敬的形式"오래만이에요[o rae ma ni e yo]"；朋友之間一般用"오래만이다 ."這種半語形式。

| 上 | 見到你很高興。 | 만나서 반갑습니다 . |
| | | Man na seo ban gap sip ni da. |

💬 這句話主要用於第一次見面的人之間，但是很久不見的人之間也可以用。

🎧 011.mp3

最近忙嗎？	요즘 바빠요？
	Yo jeum ba ppa yo?
是的，很忙。	💬 네, 바빠요.
	Ne，ba ppa yo.
沒有，不怎麼忙。	💬 아니요, 별로 빠쁘지 않아요.
	A ni o，byeol ro ba ppeu ji an a yo.

💭 以 "요" 結尾的句子，疑問句和陳述句的句式一樣，但是疑問句語調上揚，陳述句語調下降。如 "바빠요？╱" "바빠요.╲" "요즘" 是 "最近" 的意思；回答是的時候用 "네"，不是的時候用 "아니요"； "별로" 是 "不怎麼。" 的意思，後面接 "- 지 않아요" 這個語法。

上 過的怎麼樣？ 어떻게 지내세요？
Eo tteo ke ji nae se yo?

現在過得好嗎？ 💬 잘 지내고 있어요？
Jal ji nae go it eo yo?

上 托您的福， 덕분에 잘 지냈어요.
過得挺好的。 Deok beu ne jal ji naet eo yo.

💭 "덕분에 [deok bu ne]" 托您的福，是寒暄用語。

그저 그래요.
Geu jeo geu rae yo.

過得就那樣。 💭 "그래요" 原型是 "그렇다 [geu reo ta]"，是 "那樣" 的意思，後面加 "요" 的時候，成為 "그래요" 的形式。單獨使用 "그래요？" 時，表示 "是嗎？" 的意思。"왜 그래？ [wae geu rae]" 這句話也經常使用，意思是 "為什麼這樣啊？"

我想你了。 보고 싶어요.
Bo go sip eo yo.

今天天氣怎麼樣？ 오늘 날씨가 어때요？
O neul nal ssi ga eo ttae yo?

今天天氣真好。 💬 오늘 날씨가 좋아요.
O neul nal ssi ga jot a yo.

💭 "오늘" 是 "今天"，"좋아요" 是 "好" 的意思。例如 "피부가 좋아요 [pi bu ga jo a yo]"，"皮膚很好"。

🎧 012.mp3

	小心別感冒了。	감기 조심하세요 . Gam gi jo sim a se yo.
	天氣冷，多穿點衣服！	날씨가 추우니까 따뜻하게 입고 다녀요 . Nal ssi kka chu u ni kka tta tteut ta ge ip go da nyeo yo.
上	我出去了。	다녀오겠습니다 . Da nyeo o get sip ni da.
上	我回來了。	다녀왔습니다 . Da nyeo wat sip ni da. 🗨 這兩句一般用於出門時和回到家時説的話。
	路上小心，早去早回。	잘 다녀오세요 . Jal da nyeo o se yo.
朋 下	晚安。	잘 자 . Jal ja.
上	晚安。	안녕히 주무세요 . An nyeong hi ju mu se yo. 🗨 這兩句用漢語翻譯都是 "晚安" 的意思，但是前一句是半語形式，用於朋友或者長輩對晚輩説的；後一句是敬語形式，用於晚輩對長輩説的。
	有時間的話，一起吃個飯吧。	시간이 있으면 식사를 같이 해요 . Si gan i it eu myeon sik sa reul gat i hae yo.
	生日快樂！	생일 축하합니다 . Saeng il chuk ha hap ni da.
	新年快樂！	새해 복 많이 받으세요 . Sae hae bok man i bat eu se yo.
	聖誕節快樂！	메리 크리스마스 . Me ri keu ri si ma si.

初次見面

🎧 013.mp3

上 您好。
안녕하세요 !
An nyeong ha se yo!

下 你好。
안녕 !
An nyeong!

初次見面，請多多關照。
처음 뵙겠습니다 .
Cheo eum boep get seup ni da.
✿ 這句話用語初次見面時的寒暄。

上 您好，見到您很高興。
만나서 반갑습니다 .
Man na seo ban gap seup ni da.

上 認識您很高興。
類 알게 되어서 정말 기쁩니다 .
Al ge doe eo seo jeong mal gi ppeum ni da.
✿ 用於第一次見面時說的話。

上 請問您怎麼稱呼？
성함이 어떻게 되십니까 ?
Seong ham i eo tteot ke doe sip ni kka?

朋 你叫什麼名字？
이름이 뭐예요 ?
I reum i mwo ye yo?
✿ "성함"是"이름"的敬語。第一句話是十分尊重的敬語形式，第二句相對比較放鬆一些，年齡差不多的學生之間常用第二種表達。

上 您今年多大年紀啊？
연세가 어떻게 되세요 ?
Yeon se ka eo tteot ke doe se yo?

下 你今年多大啊？
몇 살이에요 ?
Myeot sal i e yo?
第一句是比較正式的表達，第二句是比較放鬆一點的表達。

我今年二十歲。
저는 올해 스무살이에요 .
Jeo neun ol hae seu mu sal i e yo.
✿ "올해"是"今年"的意思。

您來自哪裏？
어디서 오셨습니까 ?
Eo di seo o syeot seup ni kka?

我來自中國 / 北京 / 首爾。
💬 저는 중국 / 베이징 / 서울에서왔습니다 .
Jeo neun jung guk / be i jing / seo ul e seo wat sip ni da.

🎧 014.mp3

您是哪國人？	어느 나라 사람입니까？ Eo neu na ra sa ram ip ni kka?
您來自哪個國家？	어느 나라에서 왔어요？ Eo neu na ra e seo wat eo yo?
我來自中國 / 韓國。	💬 저는 중국 / 한국에서 왔어요 . Jeo neun jung guk / han guk e seo wat eo yo.
我是韓國人 / 中國人。	💬 저는 한국 / 중국 사람입니다 . Jeo neun han guk / jung guk sa ram ip ni da.
我是學生/中國留學生。	저는 학생 / 중국유학생이에요 . Jeo neun hak saeng/ jung guk yu hak saeng i e yo.
你的專業是什麼？	전공이 뭐예요？ Jeon gong i myo ye yo?
我的專業是韓國語。	💬 제 전공은 한국어예요 . Je jeon gong eun han guk eo ye yo.
你在公司上班嗎？	회사에 다녀요？ Hwe sa e da nyeo yo?
是的，我在公司工作。	💬 네, 저는 회사에 다녀요 . Ne，jeo neun hoe sa e da nyeo yo.
不是，我在學校上學。	💬 아니오, 저는 학교에 다녀요 . A ni o，jeo neun hak gyo e da nyeo yo.
您的故鄉是哪裏？	고향이 어디예요？ Go hyang i eo di ye yo?
我的故鄉在北京/吉林。	제 고향은 베이징 / 길림이에요 . Je go hyang eun be i jing/gil rim i e yo.
以後我們好好相處吧！	앞으로 친하게 지냅시다 . Ap eu ro chi na ge ji nap si da.
以後請多多關照。	앞으로 잘 부탁 드립니다 . Ap eu ro jal bu tak deu rip ni da. 💬 "앞으로" 是 "今後" 的意思。

自我介紹

🎧 015.mp3

我的名字是李相敏。　제 이름은 이상민입니다 .
　　　　　　　　　　Je i reum eun i sang min ip ni da.

我叫李相敏。　　　　저는 이상민이라고 합니다 .
　　　　　　　　　　Jeo neun i sang min i ra go hap ni da.

我是李相敏。　　　　저는 이상민입니다 .
　　　　　　　　　　Jeo neun i sang min ip ni da.

　　🎙 這三句話都是用語自我介紹的時候，介紹自己的名字。

我出生於 1987 年。　저는 87 년생입니다 .
　　　　　　　　　　Jeo neun pal chil nyeon saeng ip ni da.

　　🎙 "87 년생"意思是"87 年出生"。

我是屬兔的。　　　　저는 토끼띠입니다 .
　　　　　　　　　　Jeo neun to kki tti ip ni da.

　　🎙 "띠"是"屬相"的意思。

我是雙子座的。　　　저는 쌍둥이자리입니다 .
　　　　　　　　　　Jeo neun ssang dung i ja li ip ni da.

　　🎙 "자리"是"星座"的意思。

我出生於哈爾濱。　　저는 하얼빈에서 태어났습니다 .
　　　　　　　　　　Jeo neun ha eol bin e seo tae eo nat seup ni
　　　　　　　　　　da.

我現在住在北京。　　저는 북경에서 살고 있습니다 .
　　　　　　　　　　Jeo neun buk gyeong e seo sal go it seup ni da.

　　🎙 "…에서 살다"表示"在什麼地方居住，生活"的
　　　　意思。"- 고 있다"表示"正在進行中的動作"。
　　　　該句型即表示"我現在住在哪裏，我現在生活在哪
　　　　裏"的意思。

🎧 016.mp3

我畢業於北京大學。　저는 북경 대학교에서 졸업했습니다 .

Jeo neun buk gyeong tae hak gyo e seo jol op haet seup ni da.

我家裏一共有 3 口人。　제 가족은 모두 3 명입니다 .

Je ka jok eun mo du se myeong ip ni da.

我喜歡韓國料理。　저는 한국 음식을 좋아합니다 .

Jeo neun han guk eum sik eul jot a hap ni da.

✿ 在這裏，這個句型用來表達自己的興趣，愛好等。
表示 "我喜歡什麼" 。

我喜歡運動。　저는 운동을 좋아합니다 .

Jeo neun un dong eul jot a hap ni da.

我喜歡足球。　저는 축구를 좋아합니다 .

Jeo neun chuk gu reul jot a hap ni da.

我喜歡韓國電視劇。　저는 한국 드라마를 좋아합니다 .

Jeo neun han guk deu ra ma reul jot a hap ni da.

我的性格是內向型。　제 성격은 내성적입니다 .

Je seong gyeok eun nae seong jeok ip ni da.

我的性格是外向型。　제 성격은 외향적입니다 .

Je seong gyeok eun oe seong jeok ip ni da.

我來韓國已經兩年了。　저는 한국에 온지 벌써 2 년이 되었어요 .

Jeo neun han guk e on ji beol sseo i nyeon i toe eot eo yo.

✿ "ㄴ / 은 지" 作為一個慣用型，表示 "做某事以
來已經多久了" ， "벌써" 是副詞，表示 "已經" 。
這個複合句型，表示 "我做某事已經多久了" 。

道別送行

🎧 017.mp3

上	您請走好。	안녕히 가세요 .
		An nyeong hi ga se yo.
上	您請留步。	안녕히 계세요 .
		An nyeong hi ge se yo.
上	以後再見。	나중에 또 봐요 .
		Na jung e tto bwa yo.

🐾 這三句都表示 "再見" 的意思，但是第一句是留的人對走的人說的；第二句是走的人對留的人說的；第三句不區分。

下	再見。	잘가 .
		Jal ga.
下	再見。	또봐 .
		Tto bwa.
朋	明天見。	내일 봐요 .
		Nae il bwa yo.
	要常聯繫哦！	자주 연락해요 .
		Ja ju yeol rak hae yo.
上	我會給你致電的。	전화해 드릴 게요 .
		Jeon hwa hae deu ril ge yo.
	我有點事情先走了。	저는 일이 좀 있어서 먼저 갈게요 .
		Jeo neun il i jom it eo seo meon jeo gal ge yo.
	路上小心。	조심히 다녀오세요 .
		Jo sim hi da nyeo o se yo.
	明天學校 / 公司見。	내일 학교 / 회사에서 봐요 .
		Nae il hak gyo / hoe sa e seo bwa yo.

🎧 018.mp3

朋	一會兒見。	좀 있다 봐요 .
		Jom it da bwa yo.
	開車小心。	조심해 운전하세요 .
		Jo sim hae un jeon ha se yo.
	歡迎經常來玩。	자주 놀러 오세요 .
		Ja ju nol reo o se yo.
	有時間我會常來的。	시간이 되면 자주 올게요 .
		Si gan i doe myeon ja ju ol ge yo.
朋	謝謝來為我送行。	배웅해 주어서 고마워요 .
		Bae ung hae ju eo seo go ma wo yo.

道謝及回答

上	謝謝。	감사합니다 .
		gam sa ham ni da.
上	謝謝。	고맙습니다 .
		Go map seup ni da.
上	非常感謝。	대단히 감사합니다 .
		Dae dan hi gam sa hap ni da.
朋	謝謝。	고마워요 .
		Go ma wo yo.
下	謝謝。	고마워 .
		Go ma wo.

真心感激！　　　　　　진심으로 감사합니다 .
　　　　　　　　　　　Jin sim eu ro gam sa hap ni da.

感謝你幫助我。　　　　도와주셔서 감사합니다 .
　　　　　　　　　　　Do wa ju syeo seo gam sa hap ni da.
　　　　　　　　　　　💬 아 / 어서表示感謝的原因。

感謝你送我禮物。　　　선물을 주셔서 감사합니다 .
　　　　　　　　　　　Seon mul eul ju syeo seo gam sa hap ni da.

感謝那段時間教我。　　그 동안 가르쳐 주셔서 감사합니다 .
　　　　　　　　　　　Geu dong an ga reu chyeo ju syeo seo gam sa
　　　　　　　　　　　hap ni da.

感謝你的協助。　　　　협조해 주셔서 감사합니다 .
　　　　　　　　　　　Hyeop jo hae ju syeo seo gam sa hap ni da.

謝謝您的款待。　　　　초대해 주셔서 감사합니다 .
　　　　　　　　　　　Cho dae hae ju syeo seo gam sa hap ni da.

我吃飽了，很感謝。　　잘 먹었습니다 . 감사합니다 .
　　　　　　　　　　　Jal meok eot seup ni da. Kam sa hap ni da.

🎧 020.mp3

這不算什麼。	아무것도 아닙니다 . A mu geot to a nip ni da.

> ✿ 아무것도表示"什麼東西都"的意思，這裏和表示"不是"的否定詞아니다連用，作為固定搭配使用，意為"這不算什麼"，表示不必客氣的意思。

上 不客氣。	천만이에요 . Cheon man i e yo.
上 不客氣。	별 말씀이에요 . Byeol mal sseum i e yo.
只是小事。	별일이 아닙니다 . Byeol il i a nip ni da.
沒關係，這是我應該做的。	제가 해야할 일입니다 . Je ga hae ya hal il ip ni da.
辛苦了。	수고하셨습니다 . Su go ha syeot seup ni da.

道歉

🎧 021.mp3

上	對不起。	죄송합니다 .
		Joe song ham ni da.
	對不起。	미안해요 .
		Mi a nae yo.
朋	對不起。	마안해 .
下		Mi a nae.

讓您擔心了對不起。
걱정을 끼쳐 드려서 죄송합니다 .
Geok jeong eul kki cheueo deu ryeo seo
joe song hap ni da.

🌀 …아 / 어서 죄송합니다 . 因為……對不起。表
示道歉的常用語。아 / 어서表示簡單的原因。

對不起，是我的錯。
죄송합니다 . 제가 잘못했습니다 .
Joe song hap ni da. Je ga jal mot haet seup
ni da.

請原諒我。
용서해 주십시오 .
Yong seo hae ju sip si o.

🌀 表示請求原諒的常用語。

請原諒我一次。
한번만 봐 주세요 .
Han beon man bwa ju se yo.

🌀 "봐 주세요"表示"原諒"的意思。這句話也
是請求原諒的常用語。

希望能再給我一次機會。
기회를 더 주시기 바랍니다 .
Gi hwe rol deo jo si gi ba rap ni da.

🌀 - 기 바랍니다 . 希望……

沒關係。
괜찮습니다 .
Kwaen chan seup ni da.

不好意思。
실례합니다 .
Sil rye hap ni da.

給您添麻煩了。
폐를 끼쳤습니다 .
Pye reul kki chyeot seup ni da.

🎧 022.mp3

對不起我遲到了。	늦어서 정말 죄송합니다 . Neut jeo sae jeong mal joe song hap ni da.
對不起我爽約了。	약속을 어겨서 죄송합니다 . Yak sok eul eo gyeo sae joe song hap ni da.
我給您道歉。	제가 사과하겠습니다 . Je ga sa gwa ha get seup ni da.
這樣的事不會再發生了。	다시는 이런 일이 없도록 하겠습니다 . Da si neun i reon il i eop do rok ha get seup ni da.
我說不出有多後悔。	제가 얼마나 후회했는지 모릅니다 . Je ga eol ma na hu hoe haet neun ji mo reup ni da.
🔼 我會銘記您的話。	선생님의 말씀을 명심하겠습니다 . Seon saeng nim ui mal sseum eul myeong sim ha get seup ni da. 🐸 "명심하겠습니다 ." 這話常用於表示一定會聽取長輩的話。
我以後會小心的。	앞으로 조심할게요 Ap eu ro jo sim hal ge yo.
下次請您遵守時間 / 約定。	다음에 시간 / 약속을 잘 지키세요 . Da eum e si gan/yak sok eul jal ji ki se yo.
說對不起就行了麼？	죄송합니다하면 다야 ? Joe song hap ni da ha myeon da ya?
🔽 下次不要再遲到了。	다음부터는 늦지 마 . Da eum bu teo neun neut ji ma. 🐸 "다음부터"是"從下次開始"的意思。"부터"是"從……開始"。

約會

週六晚上有時間麼？	토요일 저녁에 시간이 있어요 ？
	Teo yo il jeo nyok e si gan i it eo yo?
是的，有時間。	💬 네 ， 시간이 있어요 .
	Ne ， si gan i it eo yo.
不，沒有時間	💬 아니요 ， 시간이 없어요 .
	A ni yo ， si gan i eop eo yo.

💬 시간이 있어요 ？ 這個句式，用於詢問是否有時間時使用。表示"有時間麼？"的意思。"에"後面接時間。

週六晚上有什麼事麼？	토요일 저녁에 무슨 일이 있어요 ？
	To yo il jeo neok e mu seun il i it eo yo?
週六晚上有別的計劃麼？	토요일에 다른 스케줄이 있어요 ？
	To yo il e da reun seu ke jul i it eo yo?
沒什麼事的話，去看電影怎麼樣？	별일 없으면 영화보러 갈래요 ？
	Byeol il eop eu myeon yeong hwa bo reo gal rae yo?

💬 這個句式，是一個固定搭配。表示"沒什麼事的話"的意思。

很抱歉，可能沒有時間。	죄송한데요 . 아마 시간이 없을 것 같아요 .
	Joe song han te yo. A ma si gan i eop eul geot gat a yo.

💬 這個句式，表示一種不確定的否定，"可能沒有"的意思。

日程已經排滿了。	스케줄이 이미 꽉 차 있다 .
	Seu ke jul i i mi kkwak cha it da.
能抽出點時間麼？	시간을 내주실 수 있습니까 ？
	Si gan eul nae ju sil su it seup ni kka?

💬 "- 을 수 있다"表示能怎麼樣，"- 을 수 없다"表示"不能怎麼樣"。

🎧 024.mp3

因為有約，不能去了。	약속이 있어서 갈 수 없습니다 .
	Yak sok i it eo seo gal su eop seup ni da.
真的非常想去，但是去不了。	정말 가고 싶지만 갈 수 없다 .
	Jeo mal ga go sip ji man gal su eop da.
什麼計劃都沒有。	아무 계획도 없다 .
	A mu gye hoek do eop da.
你先走吧，我會準時到的。	먼저 가요 . 내가 제시간에 도착할거예요 .
	Meon jeo ga yo. Nae ga je si gan e do cha kal geo ye yo.
到時候會去的。	그때 갈게요 .
	Geu ttae gal ge yo.

問路

🎧 025.mp3

在去學校的路上。	학교에 가는 길이에요 .
	Hak gyo e ga neun gil i e yo.
	💬 …에 가는 길이다 . 在去……的路上。
	這個句式，常用於表達目的地以及當前位置時使用。表示 "正在去（學校）的路上。"
火車站離這裏遠麼？	기차역이 여기서 멀어요 ?
	Gi cha yeok i yeo gi seo meol eo yo?
	💬 …가 / 이 여기서 멀다 . ……離這裏很遠。
迷路了。	길을 잃었어요 .
	Gil eul il eot eo yo.
	💬 길을 잃다 迷路。
從這往正門那邊走就行。	여기서 정문으로 가면 돼요 .
	Yeo gi seo jeong mun eu ro ga myeon dwae yo.
	💬 …에서 …로 / 으로 가면 되다 . 從……往……方向走就可以了。에서表示起始地，出發地；로 / 으로表示方向。這個句式表示 "從起始地出發，往目的地方向走就可以。"
上 請往右邊走。	오른 쪽으로 가세요 .
	O reun jjok eu ro ga se yo.
從主樓到宿舍要怎麼走？	본관에서 기숙사까지 어떻게 가야합니까 ?
	Bon gwan e seo gi suk sa kka ji eo tteot ke ga ya hap ni kka?
	💬 …에서 …까지 어떻게 가야합니까 ? 從……到……要怎麼走？這個句式，用於詢問從所指地到目的地之間的行程方法時使用。表示 "從這裏到那裏該怎麼走？"

🎧 026.mp3

這裏是首爾大學麼？	여기가 서울 대학교 맞아요？ Yo gi ga seo ul dae hak gyo mat a yo? 🎙 여기는…（가 / 이）맞습니까？……是這裏麼？這裏是……麼？這個句式，常用於詢問或確認所在地的名稱時使用。
體育場在哪裏？	체육장은 어디에 있습니까？ Che yuk jang eun eo di e it seup ni kka? 🎙 는 / 은 어디에 있습니까？……在哪裏？
在明洞換乘公共汽車。	명동에서 버스로 갈아타요． Myeong dong e seo beo seu ro gal a ta yo. 🎙 …에서…로 갈아타다 在……換乘…… 갈아타다，換乘的意思。這個句式，表示"在什麼地方換乘什麼交通工具"的意思。
請停在那個公寓前面。	저 아파트 앞에서 세워주세요． Jeo a pa teu ap e seo se wo ju se yo. 🎙 "…에 세워주세요．" 意為 "請停在……"。
這附近有公共汽車站麼？	이 근처에 버스정류장이 있습니까？ I geun cheo e beo seu jeong nyu jang i it sseup ni kka?
打車來的。	택시를 타고 왔어요． Taek si reul ta go wat eo yo. 🎙 "…를 / 을 타고 오다．" "坐……來"。
在百貨商店下車。	백화점에서 내리세요． Baek hwa jeom e seo nae ri se yo. 🎙 "…에서 내리다"． "在……下"。

027.mp3

從這裏坐 5 路公車就可以。	여기서 5 번 버스를 타면 돼요 . Yeo gi seo o beon beo si reul ta myeon dwae yo.
我現在所在的位置是哪裏啊？	저는 지금 있는 곳이 어디예요 ? Jeo neun ji geum it neun got i eo di ye yo?
是首爾市廳。	서울 시청이에요 . Seo ul si cheong i e yo.
上 不好意思，請問洗手間在哪裏？	실례하지만 화장실이 어디예요 ? Sil rye ha ji man hwa jang sil i eo di ye yo?
百貨店在哪裏？	백화점이 어디에 있어요 ? Baek hwa jeom i eo di e it eo yo?
直走，就在右邊。	똑바로 가면 오른 쪽에 있어요 . Ddok ba ro ga meon o reun jjok e it eo yo.
到電影院去，這條路對嗎？	영화관에 가려면 이 길이 맞습니까 ? Yeong hwa gwan e ga ryeo myeon I gil i mat seup ni kka?
對，一直走就行了。	네 , 맞아요 . 쭉 가시면 돼요 . Ne，mat a yo. Jjuk ga si myeon dwae yo.
在這座大樓的對面。	이 건물 맞은편에 있어요 . I geon mul mat eun pyeon e it eo yo.
請給我畫一張略圖。	약도를 하나 그려 주세요 . Yak do reul ha na geu ryeo ju se yo.
大約需要 30 分鐘。	한 30 분이 걸려요 . Han 30 bun i geol ryeo yo.

🎧 028.mp3

到那兒要多遠？	그 곳까지 얼마나 멉니까？
	Geu got gga ji eol ma na meop ni kka?
能走着去嗎？	걸어서 갈 수 있습니까？
	Geol eo seo gal su it seup ni kka?
走着去就可以。	걸어가시면 돼요.
	Geol eo ga si myeon dwae yo.
離這兒近嗎？	여기서 가까워요？
	Yeo gi seo ga kka wo yo?
不遠。	멀지 않아요.
	Meol ji an a yo.
很近。	🔘 가까워요.
	Ga kka wo yo.

求助

🎧 029.mp3

上 打擾一下，能幫助我嗎？

실례하지만 좀 도와 주시겠어요？
Sil rye ha ji man jom do wa ju si get eo yo?

請幫幫我！

도와 주세요 .
Do wa ju se yo.

上 能幫我一下嗎？

저 좀 도와 주실 수 있나요？
Jeo jom do wa ju sil su it na yo?

💬 動詞詞幹 + "- 을 수 있어요 / 없어요" ，表示 "可以 / 不可以" 。

我需要幫助。

전 도움이 필요해요 .
Jeon do um i pil yo hae yo.

很抱歉，能幫我把這個轉交給科長嗎？

죄송하지만 이것을 과장님께 좀 전해 주실 수 있어요？
Joe song ha ji man i geot eul gwa jang nim gge jom jeon hae ju sil su it eo yo?

能幫我把行李放到車上嗎？

짐을 차에 좀 옮겨 주실 수 있어요？
Jim eul cha e jom om gyeo ju sil su it eo yo?

能借給我點錢嗎？

저한테 돈을 좀 빌려 주실 수 있나요？
Jeo han te don eul jom bil ryeo ju sil su it na yo?

打擾了，能幫我看一下行李嗎？

실례하지만 짐들은 좀 봐 주시겠어요？
Sil rye ha ji man jim deul eun jom bwa ju si get eo yo?

能借我手機用一下嗎？

핸드폰 좀 빌려 주실 수 있나요？
Haen de upon jom bil ryeo ju sil su it na yo?

🎧 030.mp3

我有點急事，能幫我照看孩子嗎？	제가 급한 일이 생겨서 제 아기 좀 돌봐 주실 수 있어요 ? Je ga geup han il i saeng gyeo seo je a gi jom dol bwa ju sil su it eo yo?
我不在是時候幫我照看小狗。	제가 없는 동안에 제 강아지 좀 부탁합니다 . Je ga eop neun dong an e je gang a ji jom bu tak hap ni da.
拜託能讓一下嗎？	부탁하는데 좀 비켜 주실 수 있어요 ? Bu tak ha neun de jom bi kyeo ju sil su it eo yo?
如果有時間，能幫我翻譯這篇文章嗎？	시간이 되면 이 장문 좀 번역해 주실 수 있어요 ? Si gan i doe myeon i jang mun jom beon yeok hae ju sil su it eo yo?

Column 1　韓文

韓國人使用同一種語言和文字，這是形成他們強烈的民族共性中至關重要的因素。韓語中，除了首爾地區使用的標準話之外，還有其他幾種方言。但是韓國的方言除了濟州島方言之外，其他的都很類似，講起來都能聽得懂，沒有溝通理解上的困難。

韓語屬於阿爾泰語系。韓語字母，是十五世紀在朝鮮王朝的第四代君主世宗大王的倡導下創造的。在創造這種字母之前，韓國人一般使用漢字，但是由於漢字本身不易書寫，再加上人們說的是韓語，寫的是漢字，這就造成了書寫的困難。因此只有很少數的人掌握漢字。

世宗大王為了啟蒙百姓，豐富人們的文化生活，帶頭創制了韓文。韓文的音節分為頭音、中音、收音。其中包括 21 母音和 19 個輔音。韓文具有科學性和系統性，被公認為是世界上最易於學習和書寫的文字。

語法 1：韓國語的語序

韓語的語序和漢語的語序不同，漢語的語序是"主語 + 謂語 + 賓語"，韓語的語序是"主語 + 賓語 + 謂語"。

例：

我	吃	飯。
나（我）는	밥（飯）을	먹습니다（吃）.

我	看	書。
나（我）는	책（書）을	봅니다（看）.

我	喜歡	你。
나（我）는	너（你）를	좋아해（喜歡）.

Chapter 2

打開話題

時間

🎧 034.mp3

今天是幾月幾號？	오늘은 몇 월 며칠이에요？ O neul eun myeot wol myeo chil i e yo?
今天是 11 月 12 日。	오늘은 11 월 12 일이에요 . O neul eun si bil wol i sip i il i e yo.
今天星期幾？	오늘은 무슨 요일이에요？ O neul eun mu seun yo il i e yo?
今天星期一，星期二，星期三，星期四，星期五，星期六，星期日。	오늘은 월요일, 화요일, 수요일, 목요일, 금요일, 토요일, 일요일이에요 . O neul eun wol yo il,hwa yo il,su yo il,mo gyo il，geum yo il，to yo il,il yo il i e yo.
你的出生年月日是多少？	생년월일 어떻게 되나요？ Saeng nyeon wol il eo ddeot ge doe na yo?
我出生於 1987 年 9 月 2 日。	저는 1987 년 9 월 2 일에 태어났어요 . Jeo neun 1987 nyeon 9 wol 2 il e tae eo nat eo yo.
現在幾點？	지금 몇 시예요？ Ji geum myeot si ye yo?
1 點一刻。	1 시 15 분이에요 . 1 si 15 bun i e yo.
幾點見面？	몇 시에 만날까요？ Myeot si e man nal kka yo?
下午 2 點見面怎麼樣？	오후 2 시에 만나는 게 어떨까요？ O hu 2 si e man na neun ge eo tteol kka yo?

🎧 035.mp3

有時間嗎？	시간이 있어요？ Si gan i it eo yo?
最近有點忙沒有時間。	요즘 좀 바빠서 시간이 없어요. Yo jeum jom ba ppa seo si gan i eop eo yo.
從學校到家要花費多少時間？	학교에서 집까지 얼마나 걸려요？ Hak gyo e seo jip kka ji eol ma na geol ryeo yo?
需要花 30 分鐘。	30 분이나 걸려요. 30 bun i na geol ryeo yo.
時光流逝。	세월은 유수와 같이 빨리 지나갔어요. Se wol eun yu su wa gat i ppal ri ji na gat eo yo.
歲月不等人。	세월 / 시간은 사람을 기다리지 않아요. Se wol/si gan eun sa ram eul gi da ri ji an a yo.
要是時間能停止該有多好！	시간을 멈출 수 있다면 얼마나 좋겠어요. Si gan eul meom chul su it da myeon eol ma na jot ket eo yo.
最近每天都去慢跑。	요즘에 매일 조깅을 해요. Yo jeum e mae il jo ging eul hae yo.

🎬 요즘에 매일 …를 / 을 하다：最近每天做什麼用於表達最近習慣做某事的情況。表示"每天都做什麼"的意思。

🔊 036.mp3

這個收音機是不久前才買的，但現在壞了，不能用了。	이 라디오는 얼마 전에 사왔는데 고장나서 사용하지 못해요 .
	I ra di o neun eol ma jeon e sa wan neun de go jang na seo sa yong ha ji mo t hae yo.
	🌸 얼마 전에 不久前，用作時間副詞，表示"不久以前"的意思。

有時間的話，一起走好麼？	시간이 있으면 같이 갈래요 ?
	Si gan i it eu myeon gat i gal rae yo?
	🌸 "시간이 있으면" "……有時間的話"，這個句式，常用於詢問對方是否有時間的情況。表示"有空的話"，"有時間的話"的意思。

上課要遲到了，快走。	수업에 늦겠어요 . 빨리 가요 .
	Su eop e neut kket eo yo. Ppal li ga yo.
	🌸 這個句式，常用於表達做某事即將要遲到的情況。表示"做某事要遲到了"的意思。

火車 8 點整到站。	기차가 8 시 정각에 도착해다 .
	Gi cha ga yeo deol si jeong gak e do chak hae da.
	🌸 "…정각"，"……準時，……點整"。

考試那天是星期幾？	시험날은 무슨 요일입니까 ?
	Si heom nal i mu seun yo il ip ni kka?
	🌸 "…는 / 은 무슨 요일입니까 ?" "……是星期幾？"

節日

🎧 037.mp3

新年快樂。	새해 복 많이 받으세요 .
	Sae hae bok man i bat eu se yo.
	🔧 這是一個固定句式，用於新年拜年時使用。表示 "新年快樂"或"新年福氣多多"的意思。
怎麼過年？	설을 어떻게 쇠나요 ?
	Seol eul eo tteot ge soe na yo?
新年過得好麼？	설을 잘 보냈어요 ?
	Seol eul jal bo naet eo yo?
聖誕節計劃怎麼過？	크리스마스날 어떻게 보낼 계획이에요 ?
	Keu ri seu ma seu nal eo tteot ge bo nael gye hoek i e yo?
	🔧 계획，表示計劃的意思。這個句式，用於詢問節日 如何計劃時使用。表示"（節日）計劃怎麼過"的 意思。
新年有什麼計劃？	설날에 무슨 계획이 있어요 ?
	Seol nal e mu seun gye hoek i it eo yo?
情人節快樂。	발렌타인데이 축하해요 .
	Bal ren ta in de i chuk ha hae yo.
朋 生日快樂！	생일 축하해요 .
	Saeng il chuk ha hae yo.
上 祝您生日快樂！	類 생신 축하드립니다 .
	Saeng sin chuk ha deu rim ni da.
	🔧 축하드리다 . 祝賀，祝您快樂。
	這個句式，用於對需要尊敬的人表示祝賀或節日快樂 時使用，表示尊重。
生日禮物	생일 선물
	Saeng il seon mul

🎧 038.mp3

祝父母節快樂。	어버이날을 축하드립니다 .
	Eo beo i nal eul chuk ha deu rim ni da.
	🎬 "- 날 축하드립니다" 意為 "祝您節日快樂" 的意思。
聖誕快樂。	메리 크리스마스 .
	Me ri keu ri seu ma seu.
	🎬 這是個固定搭配，只在聖誕節時使用。表示 "聖誕快樂" 的意思。
韓國最大的節日是什麼時候？	한국에서 가장 큰 명절은 언제예요 ?
	Han guk e seo ga jang keun myeong jeol eun eon je ye yo?
	🎬 "가장 큰 명절" 意為 "最大的節日"。
給爺爺拜年。	할아버지께 세배를 드리다 .
	Hal a beo ji kke se bae reul deu ri da.
	🎬 "세배를 드리다" 意為 "拜年"。
爺爺給孩子們壓歲錢。	할아버지께서 아이들에게 세뱃돈을 주다 .
	Hal eo beo ji gge seo a yi deul e ge se baet don eul jo da.
	🎬 "세뱃돈을 주다" 意為 "給壓歲錢"。
	這是一個固定搭配，表示 "給壓歲錢" 的意思。
春節	설날
	Seol nal
元宵節	대보름날
	Dae bo reum nal
端午節	단오절
	Dan o jeol
兒童節	어린이날
	Eo rin i nal
父母親節	어버이날
	Eo beo i nal
中秋節	추석
	Chu seok
新年	새해
	Sae hae

運動

🎧 039.mp3

我最近正在減肥。	저는 지금 다이어트중이에요 . Jeo neun ji geum da i eo teu jung i e yo. ❀ "名詞＋중이다" 意為 "……中" 。
我不挑食。	저는 음식을 가리지 않아요 . Jeo neun eum sik eul ga ri ji an a yo.
我每週打 2 次羽毛球。	저는 매주 2 번씩 베드민턴을 해요 . Jeo neun mae ju tu beon ssik be deu min teon eul hae yo. ❀ "매주 2 번씩 …를 / 을 하다" 意為 "每周做兩次……" ，這個句式，用於表示做某事的頻率。
今天是游泳的好天氣。	오늘 수영하기 좋은 날씨예요 . O neul su yeong ha gi jot eun nal ssi ye yo. ❀ "오늘…하기 좋은 날씨이다" 這個句式，表示今天的天氣適合做某事的意思。
感冒了。	감기에 걸렸어요 . Gam gi e geol reot eo yo.
小心別感冒了。	감기에 조심하세요 . Gam gi e jo sim ha se yo. ❀ 這句話是慣用語，用於叮嚀別人小心感冒，注意身體。
上 祝您身體健康。	건강하시기를 바랍니다 . Geon gang ha si gi reul pa rap ni da. ❀ "名詞 / 動詞詞幹＋기를 바랍니다" ，表示 "希望……怎麼樣" 。
我有時間的話，會打籃球。	저는 시간이 있으면 농구를 해요 . Jeo neun si gan i it eu myeon nong gu reul hae yo.

040.mp3

早上都做什麼運動啊？	아침에 무슨 운동을 해요？ A chim e mu seun un dong eul hae yo?
慢跑。	조깅을 해요. Jo ging eul hae yo.
經常去登山嗎？	등산을 자주 가요？ Deung san eul ja ju ga yo?
沒有，偶爾去。	아니요, 가끔 가요. A ni yo，ga kkeum ga yo.

🐾 這裏的兩個時間副詞，都用來表示做事情的頻率，"자주"是表示經常的意思，"가끔"是有時的意思。

我是足球運動員。	저는 축구선수예요. Jeo neun chuk gu seon su ye yo.
您網球打得真好！	테니스를 잘 치세요. Te ni seu reul jal chi se yo.
你會游泳嗎？	수영을 할 줄 알아요？ Su yeong eul hal jul al a yo?
嗯，我會游泳。	네, 수영을 할 줄 알아요. Ne，su yeong eul hal jul al a yo.

🐾 "動詞＋을 줄 알아요"表示會做什麼。

天氣季節

 🎧 041.mp3

今天天氣怎麼樣？
오늘은 날씨가 어때요？
O neul eun nal ssi ga eo ttae yo?

今天天氣好 / 不好。
오늘은 날씨가 좋아요 / 나빠요 .
O neul eun nal ssi ga jot a yo/na ppa yo.

今天多少度？
오늘은 몇 도예요？
O neul eun myeot do ye yo?

今天零上 / 零下 15 度。
오늘은 영상 / 영하 15 도예요 .
O neul eun yeong sang/yeong ha sip o do ye yo.

天氣晴朗 / 陰。
날씨가 맑아요 / 흐려요 .
Nal ssi ga mal ga yo/heu ryeo yo.

天熱 / 冷 / 涼爽 / 冷颼颼。
날씨가 더워요 / 추워요 / 시원해요 / 쌀쌀해요 .
Nal ssi ga deo wo yo/chu wo yo/si won hae yo/ssal ssal hae yo.

下雨了。
비가 왔어요 / 내렸어요 .
Bi ga wat eo yo/nae ryeot eo yo.

下雪了。
눈이 왔어요 / 내렸어요 .
Nun i wat eo yo/nae ryeot eo yo.

打雷了。
천둥이 쳤어요 .
Cheon dung i chyeot eo yo.

打閃電了。
번개가 쳤어요 .
Beon gae ga chyeot eo yo.

早上霧很大。
아침에는 안개가 많이 껴요 .
A chim e neun an gae ga man i kkyeo yo.

最近風很大。
요즘은 바람이 많이 불어요 .
Yo jeum eun ba ram i man i bul eo yo.

🎧 042.mp3

聽今天的天氣預報了嗎？	오늘의 일기예보를 들었어요？ O neul ui il gi ye bo reul deul eot eo yo?
天氣預報説，明天要下暴雪。	일기예보에 내일은 폭설이 내릴 거래요． Il gi ye bo e nae il eun pok seol i nae ril geo rae yo.
好像要下雨，請帶着雨傘去。	비가 올 것 같아서 우산을 가지고 가세요． Bi ga ol geot gat a seo u san eul ga ji go ga se yo. 🛠 "- 을 것 같다"，"好像要怎麽樣"。
我怕熱／怕冷。	저는 더위／추위를 잘 타요． Jeo neun deo wi/chu wi reul jal ta yo. 🛠 "더위／추위를 타다" 表示 "怕冷／熱"。
這裏的天氣和首爾相似。	여기의 날씨는 서울과 비슷하다． Yeo gi ui nal ssi neun seo ul gwa bi seu ta da. 🛠 "…의 날씨는 …과 비슷하다．" "……的天氣和……相似"。 這個句式，主要用於比較兩個地方天氣時使用。表示 "這裏的天氣和那裏的天氣很像"。
哈爾濱比北京更冷。	하얼빈은 북경보다 날씨가 더 추워요． Ha eol bin eun buk gyeo bo da nal ssi ga deo chu wo yo. 🛠 "…는／은 …보다 날씨가 더" "比起……，……的天氣更……"，這個句式，常用於比較雙方天氣情況。表示 "（這裏）比（那裏）更（冷）"，或者 "（今天）比（昨天）更（熱）" 的意思。
四季變化分明。	사계절의 변화가 뚜렷하다． Sa gye jeol ui byeon hwa ga ttu ryot ha da.

🎧 043.mp3

韓國有四個季節。	한국은 사계절이 있습니다.
	Han guk eun sa gye jeol i it seup ni da.
有春天，夏天，秋天，冬天。	봄, 여름, 가을, 겨울이 있어요.
	Bom, yeo reum, ga eul, gyeo ul i it eo yo.
春天春暖花開。	봄에 날씨는 따뜻하고 꽃은 펴요.
	Bom e nal ssi neun tta ddeut ha go kkgot eun pyeo yo.
夏天天氣很熱。	여름에는 날씨가 더워요.
	Yeo reum e neun nal ssi ga deo wo yo.
秋天楓葉很漂亮。	가을에는 단풍이 아름다워요.
	Ga eul e neun dan pung i a reum da wo yo.
冬天下很多雪。	겨울에는 눈이 많이 와요.
	Gyeo ul e neun nun i man i wa yo.
你最喜歡哪個季節？	어느 계절을 좋아하세요?
	Eo neu gye jeol eul jot a se yo?
我最喜歡春天。	類 어느 계절이 좋아요?
	Eo neu gye jeol i jot a yo?
	Jeo neun b
	💬 저는 봄을 제일 좋아해요.
	om eul je il jot a hae yo.
	저는 봄이 좋아요.
	Jeo neun bom i jot a yo.

✿ "좋아하다"是及物動詞，前面加"-을/를"，"좋다"是形容詞，前面加"이/가"。

韓國也有梅雨季節。	한국도 장마철이 있어요.
	Han guk do jang ma cheol i it eo yo.

✿ "-도"表示"……也……"。

興趣

🎧 044.mp3

朋 你的愛好是什麼？	취미는 뭐예요？
	Chwi mi neun mwo ye yo?
我的愛好是烹飪。	저의 취미는 요리하는 거예요.
	Jeo ui chwi mi neun yo ri ha neun geo ye yo.
我喜歡下棋。	저는 바둑을 좋아해요.
	Jeo neun ba duk eul jot a hae yo.
您喜歡運動嗎？	운동을 좋아하세요？
	Un dong eul jot a ha se yo?
您喜歡什麼運動？	어떤 운동을 좋아하세요？
	Eo tteon un dong eul jot a ha se yo?
我喜歡慢跑/爬山。	저는 조깅/등산을 좋아해요.
	Jeo neun jo ging/deung san eul jot a hae yo.
你的特長是什麼？	특기가 뭐예요？
	Teuk gi ga mwo ye yo?
我擅長彈鋼琴。	저는 피아노를 잘 칩니다.
	Jeo neun pi a no reul jal chip ni da.
旅行是我的興趣。	여행하는 것이 제 취미입니다.
	Yeo haeng ha neun geot i je chwi mi ip ni da.

💬 "는것" 是動詞轉化為名詞在句中作為賓語使用。表示 "我的興趣是……"。

045.mp3

我喜歡足球。	저는 축구를 하는 것을 좋아합니다.
	Jeo neun chuk gu reul ha neun geot eul jot a hap ni da.

💬 "…는것을 좋아합니다."意為 "喜歡……" "는것" 把動詞轉換為名詞,在這個句式中作為賓語,좋아하다喜歡的意思,一起表示 "喜歡做某事"。

那也算是興趣麼?	그것도 취미에 속해요?
	Geun geot do chwi mi e sok hae yo?

💬 "…에 속해요?" "屬於……?"
"속하다"接在非活動體名詞後表示其所屬範圍。

興趣和特長有什麼不同?	취미와 특기는 뭐가 다른가요?
	Chwi mi wa teuk gi neun mwo ga da reun ga yo?

💬 "…와 …뭐가 다른가요?" "……和……有何不同?",表示詢問的句式,와連接兩個名詞,다르다表示不同。

我畫畫是出於愛好。	저는 취미로 그림을 그려
	Jo neun chwi mi ro geu rim eul geu ryeo yo 요.

💬 "…로" "出於……"。로有多種用法,在本句中表示做某事的動機,翻譯成 "出於……的目的"。

電子產品

🎧 046.mp3

這台冰箱的噪音很大。	이 냉장고는 소음이 너무 커요 .
	I naeng jang go neun so eum i neo mu keo yo.
	✿ "이 …는 / 은 소음이 너무 크다 ." " 這個……噪音很大" ,這個句式,用於機械的噪音大時使用。表示 "噪音很大" 的意思。
質素好的話,價格無所謂。	품질이 좋으면 가격은 상관 없어요 .
	Pum jil i jot eu myeon ga gyeik eun sang gwan eop eo yo.
	✿ "품질이 좋다" 意為 "質素好" 。這個句式,表示 "品質好,質素好" 的意思。
保修期截止到什麼時候?	무상 수리기한이 언제까지예요 ?
	Mu sang su li gi han i eon je kka ji ye yo?
	✿ "무상 수리기한" 意為 "商品保修期" ,這個句式,用於提到商品保修期時使用。表示 "商品保修期" 的意思。
這台電腦好像感染病毒而死機了。	이 컴퓨터가 바이러스에 감염됐는지 자주 다운돼요 .
	I keom pyu teo ga ba i reo seu e gam yeom dwaen neun ji ja ju da un dwoe yo.
	✿ "컴퓨터가 다운되다" 意為 "死機了" ,這是一個固定搭配,表示電腦死機的意思。
有幾天沒上網了。	며칠 접속하지 않았어요 .
	Myeo chil jeop sok ha ji an at eo yo.
	✿ "인터넷에 접속하다" 意為 "聯網" ,這個句式是一個固定搭配,表示 "上網,聯網" 的意思。

047.mp3

可以下載音樂麼？	음악을 좀 다운 받아줄 수 있어요？
	Eum mak eul jom da un bad a jul su it eo yo?

💬 "다운 받아줄 수 있다" "可以下載"，這個句式，用於從網路下載時使用。

多少像素？	화소가 얼마예요？
	Hwa so ga eol ma ye yo?

聽說這個手機的攝像頭是500萬像素的？	이 휴대폰카메라의 화소는 500 만이라면서요？
	I hyu dae pon ka me ra ui hwa so neun o baek man i ra myeon seo yo?

💬 "(이) 라면서요？" 的意思是 "聽說……?"

這個ＤＶＤ光碟不可以讀。	이것은 DVD 디스크를 읽을 수 없어요 .
	I geot eun DVD di seu keu reul il geul su eop eo yo.

我進不去功能表。	제가 메뉴에 들어갈 수 없습니다 .
	Je ga me nyu e deu reo gal sue op seum ni da.

電腦螢幕不動了。	컴퓨터의 화면이 움직이지 않습니다。
	Kwom pyu teo ui hwa myeon i um ji gi ji an seum ni da.

我打不開文件。	제가 파일을 열 수가 없습니다 .
	Je ga pa il eul yeol su ga eop seum ni da.

請演示一下這台筆記本電腦有什麼功能。	이 노트북은 어떤 기능이 있는지 좀 보여주세요 .
	I no teu buk eun eo tteon gi neung i it neun ji bo yeo ju se yo.

💬 "보여 주세요 ." 這句話是請求對方給自己看什麼。

運動

🎧 048.mp3

韓國成功地舉辦了 2002 年世界盃。	한국은 성공적으로 2002 년 월드컵을 치루었습니다 . Han keuk eun seong gong jeok eu ro 2002 nyeon wol deu keop eul chi ru eot seum ni da. ⚙ "성공적으로 ……을 치루었습니다 ." "成功舉辦" "…성공적으로 成功地" ; 치루다又寫作치르다 , 辦 , 舉辦的意思。
喜歡哪個足球選手？	어느 축구선수를 좋아해요 ? Eo neu chuk gu seon su reul jo a hae yo? ⚙ "어느 …를 좋아해요 ?" "喜歡哪個…… ?" "어느 , 哪個的意思"。
我是阿森納的狂熱球迷。	저는 아스날의 열성 팬입니다 . Jeo neun a seu nal ui yeol seong paen ip ni da. ⚙ "팬" , 外來詞 "fan" , 狂熱的愛好者 , 可指球迷歌迷等。열성 , 漢字詞 "熱誠" , 即狂熱的意思。
凡是運動我都喜歡。	저는 무슨 운동이든 다 좋아합니다 . Jeo neun mu seun un dong i deun da jot a hap ni da. ⚙ "든 , 이든" 放在體詞之後 , 表示 "全部" 的意思 , 經常放在帶有疑問意義的代名詞或者冠形詞之後使用 , 相當於漢語 "不管……" 的意思。

我工作很忙，沒有時間參加體育活動。	저는 너무 바빠서 스포츠에 참가할 시간이 없습니다 .
	Jeo neun neo mu ba ppa seo seu po cheu e cha ga hal si gan i eop seum ni da.
	♠ "바빠서，使用아 / 어서表示簡單因果"，ㄹ是動詞將來時冠詞型，表示將要發生的行動，來修飾名詞 "時間"，할 시간이 없습니다 . "沒有做某事的時間"。
定期打打排球。	배구를 정기적으로 하고 있습니다 .
	Bae gu reul jeong gi jeok eu ro ha go it seum ni da.
	♠ "정기적으로"是 "定期"的意思。
最近去健身俱樂部成為一種流行。	요즘 헬스크럽에 가는 것은 유행이 되고 있어요 .
	Yo jeum hel seu keu reop e ga neun geot eun yu haeng i doe go it eo yo.
	♠ "유행이 되다" "成為流行"；"고 있다"表示正在進行的動作。
每週至少三次健身。	일주일에 세번이상 헬스를 하고 있습니다 .
	Il ju il e se beon i sang hel seu reul ha go it seum ni da.
	♠ "이상"漢字詞 "以上"的意思，和頻度副詞連用表示 "至少……"。
運動貴在每天堅持。	운동은 매일매일 꾸준히 하는 것이 중요합니다 .
	Un dong eun mae il mae il kku jun hi ha neun geot i jung yo hap ni da.
我喜歡跆拳道但練得不好。	저는 태권도를 좋아하는데 잘하지 못 합니다 .
	Jeo neun tae gwon do reul jot a ha neun de jal ha ji mot hap ni da.
	♠ "는데"的用法之一，表示前後句的對比，輕微的轉折關係。

⌂ 050.mp3

一開始有些費勁，現在沒問題了。	처음에는 힘들었는데 지금은 괜찮습니다 . Cheo eum e neun him deul eot neun de ji geum eun gwaen chan seup ni da. ♣ 兩個時間名詞連接前後時間段動作和狀態，表示對比的句子。
無論什麼年齡誰都能簡單學會。	나이에 관계없이 누구나 쉽게 배울수 있습니다 . Na i e gwan gye eop i nu gu na swip ge bae ul su it seum ni da. ♣ "에 관계없이" "和……無關"，"누구나" "無論是誰"。
奧林匹克運動的口號是更快、更高、更強。	올림픽 구호는 더 빠르게 , 더 높이 , 더 강하게 입니다 . Ol lim pik gu ho neun deo ppa reu ge，deo nop i，deo gang ha ge ip ni da. ♣ 韓語中形容詞轉化為副詞的一種方法就是，形容詞詞幹＋게。但注意像많다等形容詞有其本身的副詞型，不能按照這個方法變化。
生命在於運動。	생명은 운동에 있습니다 . Saeng myeong eun un dong e it seum ni da.

工作

🎧 051.mp3

你在哪裏上班啊？	어디서 일하십니까？
	Eo di seo il ha sip ni kka?
聽説你畢業了？工作怎麼樣了？	졸업한다면서요？취직은 잘 됐어요？
	Jol eop han da myeon seo yo? Chwi jik eun jal dwaet eo yo?
你的職業是什麼？	직업이 뭐예요？
	Jik eop i mo ye yo?
我在郵局上班。	우체국에서 일하고 있습니다.
	U che guk e seo il ha go it seup ni da.
我在三星電子公司工作。	저는 삼성전자회사에 취직했어요.
	Jeo neun sam seong jeon ja hoe sa e chwi jik haet eo yo.
月薪是多少？	월급이 얼마예요？
	Wol geup i eol ma ye yo?
年薪多少？	연봉이 얼마나 됩니까？
	Yeon bong i eol ma na doep ni kka?
最近忙什麼生意呢？	요즘 어떤 사업을 하고 계세요？
	Yeo jeum eo ddeon sa eop eul ha go gye se yo?
公司的福利怎麼樣？	회사의 복지 혜택이 어때요？
	Hoe sa ui bok ji hye taek i eo ttae yo?
你所在的公司有空缺的職位嗎？	다니는 회사에 빈 일자리 없나요？
	Da ni neun hoe sa e bin il ja ri eop na yo?

052.mp3

你什麼時候當上部長的？	언제 부장이 되셨어요 ? Eon je bu jang i doe syeot eo yo?
和同事相處得不錯吧？	동료들과 잘 지내고 있죠 ? Dong ryo deul gwa jal ji nae go it jyo?
職場生活怎麼樣？	직장생활이 어때요 ? Jik jang saeng hwal i eo ddae yo?
最近工作壓力很大吧？	요즘 일 때문에 스트레스를 많이 받았죠 ? Yo jeum il ttae mun e seu teu re seu reul man i bat at jyo?
我被辭退了。	저는 잘렸어요 . Jeo neun jal ryeot eo yo.
我辭職了。	저는 사직했어요 / 사표를 냈어요 . Jeo neun sa jik haet eo yo/sa pyo reul naet eo yo.
我退休了。	저는 퇴직했어요 . Jeo neun toe jik haet eo yo.

家庭

你們家有幾口人？	가족이 모두 몇 명입니까?.
	Ga jok i mo du myeot myeong ip ni kka?
你們家有幾口人？	식구가 몇 명이에요?
	Sik gu ga myeot myeong i e yo?
我們家有 5 口人。	우리집 식구는 모두 다섯명이에요.
	U ri jip sik gu neun mo du da seot myeong i e yo.
他們都是誰？	누구누구입니까?
	Nu gu nu gu ip ni kka?
爸爸，媽媽，弟弟和我，一共 4 口人。	아버지, 어머니, 동생, 그리고 저, 모두 네 식구입니다.
	A beo ji, eo meo ni, dong saeng, geu ri go jeo, mo du ne sik gu ip ni da.
父親是做什麼的？	아버님께서 뭐하시는 분이세요?
	A beo nim gge seo mwo ha si neun bun i se yo?
爸爸在公司上班，媽媽是老師。	아버지께서는 화사에 다니시고 어머니께서는 선생님이십니다.
	A beo ji gge seo neun hoe sa e da ni si go eo meo ni gge seo neun seon saeng nim i sip ni da.
有兄弟姐妹嗎？	형제자매가 있어요?
	Hyeong je ja mae ga it eo yo?
和父母住在一起嗎？	부모님과 함께 사세요?
	Bu mo nim gwa ham kke sa se yo?
你的哥哥結婚了嗎？	형님이 결혼하셨어요?
	Hyeong nim i gyeol hon ha syeot eo yo?

53

🎧 054.mp3

您家住在什麼地方？	집은 어디에 있습니까 ？
	Jip eun eo di e it seum ni kka?
我家在北京。	저의 집은 북경에 있습니다 .
	Jeo ui jip eun buk gyeong e it seup ni da.
我在家裏排行老小。	저는 막내입니다 .
	Jeo neun mak nae ip ni da.
我是獨生子。	저는 외아들입니다 .
	Jeo neun oe a deul ip ni da.
我是獨生女。	저는 외동딸입니다 .
	Jeo neun oe dong ttal im ni da.
我有一個姐姐。	저는 누나 한 명 있어요 .
	Jeo neun nu na han myeong it eo yo.
兩個人看上去很般配，結婚吧！	두 사람이 잘 어울리는 것 같은데 결혼하세요 .
	Du sa ram i jal eo ul ri neun geot gat eun de gyeol hon ha se yo.
	🎯 表示 "好像，推測" 的 "는 것 같다"，連接 "는데" 這個語法，在這裏作為後句的背景，引出下文。
那個人不合意。	그 사람이 마음에 안 들어요 .
	Keu sa ram i ma eum e an deul eo yo.
理想的對象是什麼樣子呢？	이상적인 배우자 상은 어떤 모습입니까 ？
	I sang jeok in bae u ja sang eun eo tteon mo seup ip ni kka?

055.mp3

| 希望是有女人味又有經濟能力的女人。 | 여자답고 경제력이 있는 여자를 원합니다 .
Yeo ja dap go gyeong je ryeok i it neun yeo ja reul
won hap ni da. |

✿ "답다"前加名詞，表示有這種事物特徵的。

| 結婚是終身大事。 | 결혼은 일생의 대사입니 다 .
Gyeol hon eun il saeng ui dae sa ip ni da. |

✿ 一種固定的說法。

| 什麼時候吃你們的喜糖啊？ | 언제 국수를 먹어요 ?
Eon je guk su reul meok eo yo? |

✿ 這句話直譯過來是"什麼時候吃你們的麵條啊？"，就是中國的"什麼時候吃喜糖"的意思。

計劃

🎧 056.mp3

您明天打算做什麼？

您明天有什麼計劃？

내일 무엇을 할 계획이에요？
Nae il mu eot eul hal gye hwok i e yo?

🔟 내일 무엇을 할 거예요？
　 Nae il mu eot eul hal geo ye yo?

🔟 내일에 무슨 계획이 있어요？
　 Nae il e mu seun gye hwok i it eo yo?

打算如何解決這件事情？

이 일을 어떻게 해결하실 예정이에요？
I il eul eo tteot ge hae gyeol ha sil ye jeong i e yo?

週末要怎麼度過？

주말에 어떻게 지낼 거예요？
Ju mal e eo tteot ge ji nael geo ye yo?

週末沒有什麼特別的打算。

주말에 특별한 계획이 없어요.
Ju mal e teuk byeol han gye hoek i eop eo yo.

💬 "계획이 있다 / 없다" 表示 "有計劃，沒計劃"。

怎麼決定的？

어떻게 결정하셨어요？
Eo tteo ke gyeol jeong ha syeot eo yo?

我確定要去韓國留學了。

저는 한국에 유학 가기로 확실히 결정했습니다.
Jeo neun han guk e yu hak ga gi ro hwak sil hi gyeol jeong haet seup ni da.

💬 "動詞詞幹 + 기로 결정하다" 表示 "下定決心要做什麼事情"。

057.mp3

放假的時候打算去澳洲旅行。	방학 때 호주에 여행을 가고자 해요 . Bang hak ddae ho ju e yeo haeng eul ga go ja hae yo. 🌸 "時間副詞 + 때" 表示 "……的時候"。
考試結束後最想做什麼？	시험 끝난 후에 무엇을 제일 하고 싶어요 ? Si heom ggeut nan hu e mu eot eul je il ha go sip eo yo? 🌸 "動詞詞幹 +- ㄴ / 은 후에" 表示 "……之後" 的意思。
打算和朋友去看電影。	친구와 영화 보려고 해요 . Chin gu wa yeong hwa bo ryeo go hae yo.

Column 2　大韓民國國旗

韓國的國旗為太極旗。太極旗是朝鮮王朝後期創制的國旗，因中央的太極而命名。太極的紅色部分代表陽，藍色部分代表陰，象徵着宙陰陽相互對立而又達到了完美和諧平衡的狀態。韓國乙太極圖案作為國旗，也是希望韓國社會能夠和諧、穩定。

太極圖四周的四卦有對立和均衡的意義。左上角的代表天，與之對應的右下角代表着地，左下角兩條杠夾一個斷杠象徵火，與其相對的象徵着水。這四卦象徵了宇宙中的天地水火。

同時，太極旗的底色是白色，象徵着韓國人民的純潔和他們熱愛和平的精神。

整個國旗象徵着韓國人民永遠在宇宙中和諧發展的理想。

語法 2：- ㅂ니다 .--

습니다這是陳述句的終結詞尾，用在動詞、形容詞的詞幹後面，是一種尊敬語氣。詞幹是指動詞和形容詞去掉 "다" 之後的部分。

閉音節（有收音的）單詞詞幹 + ㅂ니다

開音節（沒有收音的）單詞詞幹 + 습니다

例：

마시다 : 마십니다 . 喝
Ma si da: ma sip ni da.

가다 : 갑니다 . 走、去
Ga da: gap ni da.

오다 : 옵니다 . 來
O da: op ni da.

예쁘다 : 예쁩니다 . 漂亮
Ye ppeu da: ye ppeum ni da.

만나다 : 만납니다 . 見面
Man na da: man nap ni da.

하다 : 합니다 . 做
Ha da: hap ni da.

미안하다 : 미안합니다 . 對不起
Mi an ha da: mi an hap ni da.

먹다 : 먹습니다 . 吃
Meok da: meok seup ni da.

읽다 : 읽습니다 . 讀
Ik da: ik seup ni da.

앉다 : 앉습니다 . 坐
An da:an seup ni da.

듣다 : 듣습니다 . 聽
Deut da: deut seup ni da.

입다 : 입습니다 . 穿
Ip da: ip seup ni da.

만들다 : 만듭니다 . 製做
Man deul da: man deup ni da.

들다 : 듭니다 . 提
Deul da: deup ni da.

살다 : 삽니다 . 生活
Sal da: sap ni da.

놀다 : 놉니다 . 玩
Nol da: nop ni da.

Chapter 3

表情達意

贊成

🎧 060.mp3

是，就那樣做吧！	예 / 네, 그렇게 하세요. Ye/ne. Geu reot ge ha se yo.
很好。	좋아요. Jot a yo.
好主意。	🔴 좋은 생각이에요. Jot eun saeng gak i e yo.
可以。	돼요. Dwae yo.
好的。	그래요. Geu rae yo.
我明白。	겠어요. Al get eo yo.
按你的想法去做吧。	생각대로 하세요. Saeng gak dae ro ha se yo. 💬 "名詞＋대로" 表示 "按照……"。
我肯定。	저는 확실해요. Jeo neun hwak sil hae yo.
沒錯。	틀림없어요. Teul rim eop eo yo. 🔵 맞아요. Mat a yo.
你説的對。	당신 말씀이 맞아요. Dang sin mal ssem i mat a yo.
我贊成。	🔴 저는 찬성해요. Jeo neun chan seong hae yo.
我贊成這件事。	이 일에 대해서 저는 찬성합니다. I il e dae hae seo jeo neun chan seong hap ni da. 💬 "名詞＋에 대해서" 表示 "對於……"。
朋 下 我説也是。	내 말이야. Nae mal i ya.

🎧 061.mp3

我也那麼認為。	저도 그렇게 생각합니다 .
	Jeo do geu reot ge saeng gak hap ni da.
我同意。	저는 동의합니다 .
	Jeo neun dong ui hap ni da.
我不反對。	🔄 저는 반대하지 않아요 .
	Jeo neun ban dae ha ji an a yo.
我完全沒有意見。	저는 아무 의견도 없습니다 .
	Jeo neun a mu ui gyeon do eop seup ni da.
	💬 "아무 + 名詞 + 도 없다" 表示 "沒有任何……" 。
這正是我所想的。	이것은 바로 제가 생각하는 것이에요 .
	I geot eun ba ro je ga saeng gak ha neun geot i e yo.
	💬 "바로" 表示 "正是" 的意思。

反對

🎧 062.mp3

不知道。	몰라요 . Mol ra yo.
不太清楚。	잘 몰라요 . Jal mol ra yo.
不行。	안 돼요 . An dwae yo.
絕對不行。	절대 안 돼요 . Jeol dae an dwae yo. 🐾 "절대" 後面加否定句，表示 "絕對不"。
不需要 / 沒必要。	필요없어요 . Pil yo eop eo yo.
絕對不是。	절대 / 분명 아니에요 . Jeol dae/bun myeong a ni e yo.
完全錯誤。	완전히 틀렸어요 . Wan jeon hi teul ryeont eo yo.
我反對這個意見。	이 의견에 대해서 저는 반대합니다 . I ui gyeon e dae hae seo jeo neun ban dae hap ni da.
那女的根本不漂亮。	그 여자가 예쁘지 않아요 . Geu yo ja ga ye ppeu ji an a yo.
我絕對不同意那件事。	그 일에 저는 절대로 동의하지 않겠습니다 . Geu il e jeo neun jeol dae ro dong ui ha ji an get seup ni da.
我不那麼認為。	전 그렇게 생각하지 않아요 . Jeon geu reot ge saeng gak ha ji an a yo.

🎧 063.mp3

我沒有想過要去聚會。	저는 미팅에 갈 생각이 없어요 .
	Jeo neun mi ting e gal saeng gak i eop eo yo.
我不是韓國人，我是中國人。	저는 한국사람이 아니에요, 중국사람이에요 .
	Jeo neun han guk sa ram i a ni e yo，jung guk sa ram i e yo.
	🗨 " 名詞＋이／가 아니다" 這個句式表示 " 不是……"。
我沒有韓國朋友。	저는 한국 친구가 없어요 .
	Jeo neun han guk chin gu ga eop eo yo.
你想錯了。	당신은 잘 못 생각했어요 .
	Dang sin eun jal mot saeng gak haet eo yo.
我不喜歡那種類型。	저는 그런 스타일을 좋아하지 않아요 .
	Jeo neun geu reon seu ta il eul jot a ha ji an a yo.

讚美

🎧 064.mp3

太棒了！做得好！

정말 잘 했어요!

Jeong mal jal haet eo yo!

💬 慣用語，經常用於稱讚別人的行為。

真是太完美了。

정말 완벽해요.

Jeong mal wan byeok hae yo.

你鋼琴彈的真好啊！

피아노 정말 잘 치시네요.

Pi a no jeong mal jal chi si ne yo.

下一次也繼續努力吧！

다음에도 계속해서 열심히 하세요!

Da eum e do gye sok hae seo yeol sim hi ha se yo.

銘記在心了。

명심하겠습니다.

Myeong sim ha get seup ni da.

💬 這句話一般是晚輩對長輩説的，表示對方的話記在心裏了。

這是我見過的最好的作品。

제가 본 작품중 제일 잘 했어요.

Je ga bon jak pum jung je il jal haet eo yo.

💬 "…중 제일 잘 했어요."，"在……之中最棒的"。"중"表示範圍，"……中"，제일表示"最，第一"。

不愧是優秀的新人啊！

역시 뛰어난 신인이에요!

Yeok si ttwi eo nan sin in i e yo.

💬 "역시 …이에요!"，"不愧是……"表示感歎語氣。

和前輩的作品是不能相比較的。

선배의 작품과 비교할 수 없어요.

Seon bae ui jak pum gwa bi gyo hal su eop eo yo.

💬 "비교할 수 없어요."，"無法比較"，這話來稱讚對方，"好到別人沒法與之比較"。

🎧 065.mp3

毫不誇張地說你身材是一級棒。	몸짱이라고 해도 과언이 아닙니다 . Mom jjang i ra go hae do gwa eon i a nip ni da. 💬 "…（이）라고 해도 과언이 아닙니다 ." "即使說是……也不過分。" "몸짱"是"身材很好的人"。
是多麼漂亮的女孩啊！	얼마나 예쁜 여자인데요 ! Eol ma na ye ppeum yeo ja in de yo. 💬 "얼마나 - ㄴ데요 !" "多麼……啊！"表示感歎。
你的韓語像韓國人一樣說得好。	한국인처럼 한국말을 잘 했어요 . Han keuk in cheo reom han guk mal eul jal haet eo yo. 💬 "…처럼 잘 했어요 ." "像……一樣好！"。
你看上去太帥了啊！	너무 멋있어 보이네요 ! Neo mu meot it eo bo i ne yo!
不要失望。	실망하지 마세요 . Sil mang ha ji ma se yo. 💬 "動詞・形容詞詞幹 + 지 마세요"表示勸阻"不要幹什麼"。
盡全力挑戰一次吧。	최선을 다해 한 번 도전해 봐요 . Choe seon eul da hae han beon do jeon hae bwa yo.

憤怒

🎧 066.mp3

我心情不好。	저는 기분이 나빠요 / 안 좋아요 . Jeo neun gi bun i na ppa yo/an jot a yo. 🌸 "나쁘다" 是 "不好" 的意思，"좋다" 是 "好" 的意思。
煩死了。	싫어 죽겠어 . Sil eo juk get eo.
真是太煩人了！	🔁 정말 짜증나요 ! Jeong mal jja jeung na yo! 🌸 這兩句話都是用來表達心煩，前一句用於表達自己討厭某人或某事，後面表示內心很煩。
太鬱悶了。	너무 답답해요 . Neo mu dap dap hae yo.
🔽 我對你感到不滿。	나 너한테 불만이 있어 . Na neo han te bul man i it eo.
我很容易生氣。	저는 쉽게 화가 나는 편이에요 . Jeo neun swip ge hwa ga na neun pyeon i e yo. 🌸 "- 는 편이다" 的意思是 "……的類型"。
別再找藉口了！	더 이상 핑계를 대지 말아요 . Deo i sang ping gye reul dae ji mal a yo. 🌸 "더 이상" 後面一般接否定句，表示 "以後再也不要……"。
我不會再忍耐了。	더 이상 안 참을 거예요 . Deo i sang an cham eul geo ye yo.
🔽 我警告你，別再惹我！	경고하는데 더 이상 나를 건드리지 말아 ! Gyeong go ha neun de deo i sang na reul geon deu ri ji mal a!

🎧 067.mp3

📥 別再辯解了！	더는 변명하지 말아 .
	Deo neun byeon myeong ha ji mal a.
求求你別捉弄我了。	제발 나를 놀리지 말아 .
	Je bal na reul nol ri ji mal a.
你太過分了吧。	너무해 .
	Neo mu hae.
	💬 慣用語，用來說別人做事情過分。
夠了！	그만해 ! / 됐어 !
	Geu man hae!/dwaet eo!
滾！	꺼져 !
	Ggeo jyeo!
我現在要氣死了！	나 지금 열 받아서 죽겠어 .
	Na ji geum yeol bat a seo juk get eo.
	💬 生氣有幾種表達："화가 나다"，"열 받다"。

喜悅

🎧 068.mp3

太棒了！	앗싸！ At ssa!
我心情好。	기분이 좋아요 . Gi bun i jot a yo.
很高興。	아주 기뻐요 . A ju gi ppeo yo. 😊 "아주"是一個程度副詞，表示"非常"。
我高興極了。	좋아 죽겠어요 . Jot a juk get eo yo. 😊 "形容詞詞幹＋아 죽겠어요"表示一種程度"……死了"。
你看上去心情不錯哦。	기분이 정말 좋아 보이세요 . Gi beun i jeong mal jot a bo i se yo. 😊 "形容詞詞幹＋아 보이다"表示"看起來怎麼樣"。
真是太好了。	정말 잘 됐어요 . Jeong mal jal dwaet eo yo.
很滿意。	아주 만족해요 . A ju man jok hae yo.
很榮幸。	영광스러워요 . Yeong gwang seu reo wo yo.
很自豪。	자랑스러워요 . Ja rang seu reo wo yo.
因為太高興而流眼淚。	너무 기뻐서 눈물이 났어요 . Neo mu gi ppeo seo nun mul i nat eo yo.
興高采烈地跳舞。	신나게 춤을 추고 있어요 . Sin na ge chum eul chu go it eo yo.

069.mp3

高興的不知道 너무 기뻐서 뭐라고 해야할지 모르겠어요.
該説什麼。 Neo mu gi ppeo seo mwo ra go hae ya hal ji mo reu
get eo yo.

求教

🎧 070.mp3

一起吃午飯好嗎？	점심식사 같이 할까요？
	Jeom sim sik sa gat i hal kka yo?
可以提問嗎？	질문해도 될까요？
	Jil mun hae do doel kka yo?
	🌀 "動詞詞幹＋해도 되다" 是一種讓步語氣，表示 "……也可以"。
關上窗，好嗎？	창문을 닫아도 괜찮을까요？
	Chang mun eul dat a do gwaen chan eul kka yo?
休息一會兒行嗎？	잠깐 쉬어도 돼요？
	Jam kkan swi eo do dwae yo?
需要我幫忙嗎？	도와 드릴까요？
	Do wa deu ril kka yo?
能幫我一下嗎？	도와 주실래요？
	Do wa ju sil rae yo?
現在開始嗎？	지금 시작할까요？
	Ji geum si jak hal kka yo?
幾點見呢？	몇 시에 만날까요？
	Myeont si e man nal kka yo?
怎麼辦才好呢？	어떻게 하면 좋을까요？
	Eo tteot ke ha myeon jot eul kka yo?
需要我去打聽一下嗎？	제가 가서 알아볼까요？
	Je ga ga seo al a bol kka yo?
一起去公園嗎？	공원에 같이 갈래요？
	Gong won e gat i gal rae yo?
上 您想吃／喝什麼？	무엇을 드실래요？
	Mu eot eul deu sil rae yo?

🎧 071.mp3

我點了排骨湯，可以嗎？	갈비찜을 시켰는데 괜찮으세요？
	Gal bi jjim eul si kyot neun de gwaen chan eu se yo?
週末去東海怎麼樣？	주말에 동해에 가는 게 어때요？
	Ju mal e dong hae e ga neun ge eo ttae yo?

請求

請説得慢一點。	좀 천천히 말씀해 주세요 / 주십시오 .
	Jom cheon cheon hi mal sseum hae ju se yo/ju sip si o.
	💬 "動詞詞幹 + 아 / 어 / 여 주세요" 表示請求別人給自己做某事。
請重複一遍。	다시 한번 말씀해 주세요 / 주십시오 .
	Da si han beon mal sseum hae ju se yo/ju sip si o.
	💬 "다시"是副詞，表示"再"。
請等一下。	잠깐만 기다려 주세요 / 주십시오 .
	Jam kkan man gi da ryeo ju se yo/ju sip si o.
請寫在這兒。	여기에 좀 써 주세요 / 주십시오 .
	Yeo gi e jom sseo ju se yo/ju sip si o.
請給我這樣包裝。	이렇게 포장해 주세요 / 주십시오 .
	I reo ke po jang hae ju se yo/ju sip si o.
請跟我來。	저를 따라 오세요 / 오십시오 .
	Jeo reul tta ra o se yo/o sip si o.
請借給我點錢。	돈 좀 빌려 주세요 / 주십시오 .
	Don jom bil ryeo ju se yo/ju sip si o.
能把您的自行車借我用一下嗎？	자전거를 좀 빌려 주실 수 있어요 ?
	Ja jeon geo reul jom bil ryeo ju sil su it eo yo?

🎧 073.mp3

請轉交給科長。	과장님께 전해 주세요 / 주십시오.
	Gwa jang nim kke jeon hae ju se yo/ju sip si o.
請勿打擾。	방해하지 말아 주세요 / 주십시오.
	Bang hae ha ji mal a ju se yo/ju sip si o.
如果您去郵局的話，能幫我把這封信寄了嗎？	우체국에 가시면 이 편지를 좀 부쳐 주시겠어요?
	U che guk e ga si myeon i pyeon ji reul jom bu chyeo ju si get eo yo?
回來的路上，能替我買些蘋果嗎？	돌아오시는 길에 사과를 좀 사다 주시겠어요?
	Dol a o si neun gil e sa gwa reul jom sa da ju si get eo yo?
請幫我個忙，好嗎？	저를 좀 도와 주실 수 있어요?
	Jeo reul jom do wa ju sil su it eo yo?

允許

🎧 074.mp3

當然可以！	당연하지요！ Dang yeon ha ji yo. 🈯 물론이지요！ Mul ron i ji yo! 🈯 당근이지요！ Dang geun i ji yo!
我不介意。	저는 상관없는데요 . Jeo neun sang gwan eop neun de yo.
當然可以，請便。	괜찮습니다 . 편하신대로 하세요 . Gwaen chan seup ni da. Pyeon ha sin dae ro ha se yo.
您隨便。	마음대로 하세요 . Ma eum dae ro ha se yo.
請進！	들어 오세요！ Deul eo o se yo!
請開始！	시작하세요！ Si jak ha se yo!
在這可以吸煙。	여기서 담배 피우셔도 됩니다 . Yeo gi seo dam bae pi wu syeo do doep ni da.
可以打開窗戶。	창문을 열어도 됩니다 . Chang mun eul yeol eo do doep ni da.
好的，那明天見。	좋아요, 그럼 내일 봐요 . Jot a yo，geu reom nae il bwa yo.

我晚上有時間，晚上見。	저는 저녁에 시간이 괜찮으니까 그때 만나요. Jeo neun jeo nyeok e si gan i gwaen chan eu ni kka geu ttae man na yo.
不用擔心，我一定會參加您的結婚典禮。	걱정하지 마세요. 결혼식에 꼭 갈게요. Geok jeong ha ji ma se yo. Gyeol hon sik e kkok gal ge yo. 🌀 "걱정하지 마세요." 這句話很常用，是讓對方不要擔心自己。
我會按時去的。	제시간에 갈게요. Je si gan e gal ge yo.

拒絕

🎧 076.mp3

下 行了 / 不用了！	됐어요 !
	Dwaet eo yo!
很遺憾，不行。	유감스럽지만 / 유감스럽게도 안 돼요 .
	Yu gam seu reop ji man/yu gam seu reop ge do an dwae yo.
這絕對不行！	절대로 안 됩니다 .
	Jeol dae ro an doep ni da.
這不符合我心意。	제 마음에 안 들어요 .
	Je ma eum e an deul eo yo.
不好意思我已經有約了。	죄송하지만 저는 약속이 있어요 .
	Joe song ha ji man jeo neun yak sok i it eo yo.
很抱歉，這不能吸煙。	죄송하지만 여기서 담배 피우면 안 돼요 .
	Joe song ha ji man yeo gi seo dam bae pi wu myeon an dwae yo.
	💬 "動詞詞幹＋면 안 돼요 ." 表示 "做什麼的話，不行"，也就是禁止某種行為。
請不要開窗戶。	창문을 열지 마세요 .
	Chang mun eul yeol ji ma se yo.
很抱歉，我晚上沒有時間。	죄송하지만 저는 저녁에 시간이 없어요 .
	Joe song ha ji man jeo neun jeo nyeok e si gan i eop eo yo.
很抱歉，我現在得走了。	죄송하지만 저는 이제 가야 돼요 .
	Joe song ha ji man jeo neun i je ga ya dwae yo.
	💬 "動詞詞幹＋아 / 어 / 여 야 하다"，表示 "必須做某事。"

🎧 077.mp3

上	非常抱歉，您不能這樣做。	죄송하지만 이렇게 하시면 안 됩니다 .
		Joe song ha ji man i reo ke ha si myeon an doep ni da.
	不可以，這使我很為難。	이렇게 하시면 저도 곤란합니다 .
		I reo ke ha si myeon jeo do gon ran hap ni da.
下	不必了。	필요없어요 .
		Pil yo eop eo yo.
	我不喜歡茶，請給我咖啡。	제가 차를 싫어해요 . 커피 좀 주세요 .
		Je ga cha reul sil eo hae yo. Keo pi jom ju se yo.

表示疑問

🎧 078.mp3

這個 / 那個 / 那個是什麼？	이것 / 그것 / 저것 뭐예요？ I geot/geu geot/jeo geot mwo ye yo? 🔧 그것：離話者較近；저것：離話者較遠
哪一個好？	어느 것이 좋아요？ Eo neu geot i jot a yo?
是誰的？	누구의 것이에요？ Nu gu ui geot i e yo?
上 是誰？	누구세요？ Nu gu se yo?
有什麼事？	무슨 일이 있어요？ Mu seun il i it eo yo?
您喜歡什麼？	무엇을 좋아하세요？ Mu eot eul jo a ha se yo?
你喜歡哪種水果？	어떤 과일을 좋아해요？ Eo tteon gwa il eul jot a hae yo?
現在幾點？	지금 몇시예요？ Ji geum myeot si ye yo?
你什麼時候有時間？	언제 시간이 있어요？ Eon je si gan i it eo yo?
現在在哪裏呢？	지금 어디예요？ Ji geum eo di ye yo?
韓國生活怎麼樣？	한국생활이 어때요？ Han guk saeng hwal i eo ttae yo?
天氣如何啊？	날씨가 어때요？ Nal ssi ga eo ttae yo?
上 您在等誰呢？	누구를 기다리세요？ Nu gu reul gi da ri se yo?

079.mp3

你什麼時候去中國？	언제 중국에 갈 거예요？
	Eon je jung guk e gal geo ye yo?
為什麼現在還沒有來？	왜 아직도 안 왔어요？
	Wae a jik do an wat eo yo?
這件事應該怎麼做？	이 일은 어떻게 해야 해요？
	I il eun eo ddeot ge hae ya hae yo?
他的英語水準怎麼樣？	그의 영어 수준은 어때요？
	Geu ui yeong eo su jun eun eo ddae yo?
你在家嗎？	집에 있어요？
	Jip e it eo yo?
上 您在哪生活呢？	어디서 사세요？
	Eo di seo sa se yo?

是否滿意

🎧 080.mp3

非常好！	아주 좋아요！ A ju jota yo!
這正是我所期待的結果！辛苦了。	이건 바로 내가 바라던 것이에요！수고 많았어요！ I geon ba ro nae ga ba ra deon geot i e yo! Su go man at eo yo.
朋 我很滿意！	나는 아주 만족해요！ Na neun a ju man jok hae yo!
做的太好了！	정말 잘했어요！ Jeong mal jal haet eo yo!
我很滿足！	나는 정말 흡족해요！ Na neun jeong mal heup jok hae yo!
結果令人很滿意！	결과에 대해 정말 만족스러워요！ Gyeol gwa e dae hae jeong mal man jok seu reo wo yo!
這衣服很適合我，我很滿意。	이옷은 저한테 어울려서 정말 마음에 들어요． I ot eun jeo han tee o ul ryeo seo jeong mal ma eum e deul eo yo. 🌸 "어울리다" 是表示 "合適" 的意思。
朋 我現在沒有什麼擔心的了！	나는 지금 아무 걱정이 없어요． Na neun ji geum a mu geok jeong i eop eo yo.
朋 太失望了啊！	정말 실망하네요！ Jeong mal sil mang ha ne yo! 🌸 終結詞尾 "네요" 表示感歎的語氣。

🎧 081.mp3

對這件事真是太失望了。	이번 일에 정말 실망했어요 .
	I beon il e jeong mal sil mang haet eo yo.
我對這不滿意。	이것에 대해 만족스럽지 않아요 .
	I geot e dae hae man jok seu reop ji an a yo.
真是説不上好。	정말 좋다고 할 수가 없어요 .
	Jeong mal jot da go hal su ga eop eo yo.
沒有我想像的那麼好。	정말 예상보다 좋지 않아요 .
	Jeong mal ye sang bo da jot ji an a yo.
	🌸 "보다" 的意思是 "比起……來"。
這和我的想法完全不一樣。	이는 내 생각과 완전히 달라요 .
	I neun nae saeng gak gwa wan jeon hi dal ra yo.
	🌸 "- 과 다르다" 表示 "和……不一樣"。
這和我期待的完全不一樣。	이는 제가 기대한 것과 달라요 .
	I neun je ga gi dae han geot gwa dal ra yo.

憂慮

🎧 082.mp3

真是讓人擔憂。	정말 걱정이 돼요.
	Jeong mal geok jeong i dwae yo.
朋 下 我很擔心你！	나는 너가 너무 걱정 돼!
	Na neun neo ga neo mu geok jeong dwae!
上 不要擔心。	걱정하지 마세요.
	Geok jeong ha ji ma se yo.
請放心。	마즘을 넣으세요.
	Ma eum eul neo eu se yo.
我最近心事很多。	요금 걱정거리가 너무 많아요.
	Yo jeum geok jeong geo ri ga neo mu man a yo.
我感到很擔心。	저는 매우 걱정스러워요.
	Jeo neun mae wu geok jeong seu reo wo yo.
因為擔心父親的身體健康而睡不着覺。	아버지의 건강이 너무 걱정되어서 잠이 안 와요.
	A beo ji ui geon gang e neo mu geok jeong doe eo seo jam i an wa yo.
朋 太可怕了！	너무 무서워요!
	Neo mu mu seo wo yo!
真是差點嚇死我了。	정말 무서워서 죽을 뻔했어요.
	Jeong mal mu seo wo seo juk eul ppeon haet eo yo.
朋 真是差點兒把我嚇死了！	정말 놀라 죽을 뻔했어요!
	Jeong mal nol ra juk eul ppeon haet eo yo!

🎧 083.mp3

因為你我真是沒法活了！	너 때문에 정말 못 살겠어요！
	Neo ttae mun e jeong mal mot sal get eo yo!
	🌸 "名詞 + 때문에" 表示原因 "因為……"。
嚇我一跳！	깜짝이야！
	Kkam jjak i ya!
你嚇死我了！	너 때문에 깜짝 놀랐어！
	Neo ttae mun e kkam jjak nol raet eo!

驚訝

🎧 084.mp3

朋	天啊！	세상에!
		Se sang e!
		🎭 這句話是用在受驚嚇或者感慨時。
	真的嗎？	정말이에요?
		Jeong mal i e yo?
朋	嚇了我一跳。	깜짝 놀랐어요.
		Kkam jjak nol rat eo yo.
	真是沒想到。	정말 예상하지도 못했어요.
		Jeong mal ye sang ha ji do mot haet eo yo.
		🎭 這句話的意思是"想都想不到"。
朋	怎麼可能呢！	이럴 수가!
		I reol su ga!
		🎭 表示無奈的語氣，"怎麼可能會這樣"。
	怎麼可以這麼對我呢？	어떻게 나한테 이럴 수가 있어요?
		Eo tteot ke na han te i reol su ga it eo yo?
	這真是晴天霹靂啊！	이게 정말 마른 하늘의 날벼락이야!
		I ge jeong mal ma reun ha neul ui nal byeo rak i ya!
	聽說敏淑被解雇了！誰會想到呢？	민수씨가 해고를 당했다면서요! 누가 생각이나 했겠어요?
		Min su ssi ga hae go reul dang haet da myeon seo yo! Nu ga saeng gak i na haet get eo yo?
	這太奇怪了。	이건 너무 이상해요.
		I geon neo mu i sang hae yo.

🎧 085.mp3

這簡直難以置信！
이건 진짜 못 믿겠어요 !
I geon jin jja mot mit get eo yo!

很難相信那件事。
그 일을 믿기가 정말 어려워요 .
Geu il eul mit gi ga jeong mal eo ryeo wo yo.

🐸 "動詞詞幹＋어렵다"表示"幹起……來，很難"。

什麼？還有那樣的事情？
뭐라고요 ? 그런 일도 있어요 ?
Mwo ra go yo? Geu reon il do it eo yo?

這是開玩笑吧？
농담하는 거죠 ?
Nong dam ha neun geo jyo?

🐸 "농담""玩笑"的意思。

下 這到底是什麼事啊！
이건 도대체 무슨 일이야 !
I geon do dae che mu seun il i ya!

🐸 "도대체"這詞也是加強語氣的，意為"究竟"。

關心

🎧 086.mp3

不要太擔心，一切都會好起來的。	너무 걱정하지 마세요 . 곧 좋아질 것입니다 . Neo mu geok jeong ha ji ma se yo. Got jo a jil geot ip ni da.
我能理解你的心情。	당신의 마음을 잘 알고 있습니다 . Dang sin ui ma eum eul jal al go it seup ni da.
我能理解你的處境。	당신의 처지는 제가 이해합니다 . Dang sin ui cheo ji neun je ga i hae hap ni da.
不要多想那件事了。	이제 그 일을 잊어 버리세요 . I je geu il eul it eo beo ri se yo.
朋 你得照顧好你自己。	자기 몸은 자기가 잘 챙겨야 해요 . Ja ji mom eun ja gi ga jal chaeng gyeo ya hae yo.
這樣的事情誰都會遇上的。	이런 일은 누구나 당하는 거예요 . I reon il eun nu gu na dang ha neun geo ye yo. 🎬 "누구나" 意為 "所有人，無論誰都"。
你不要只想壞的一面，該看到事情好的一面。	나쁜 쪽으로만 생각하지 말고 좋은 쪽으로 생각하세요 . Na ppeun jjok eu ro man saeng gak ha ji mal go jot eun jjok eu ro saeng gak ha se yo.
不要灰心，下次一定會成功的。	낙심하지 말고 다음에 꼭 성공할 거예요 . Nak sim ha ji mal go da eum e kkok seong gong hal geo ye yo.

🎧 087.mp3

上 你的臉色看上去不好，哪裏不舒服嗎？
안색이 안 좋아 보이는데 어디 아프세요？
An saek i an jo a bo i neun de eo di a peu se yo?

💬 "動詞／形容詞＋아／어／여 보다"意為"看起來……"。

最近看上去不太高興，沒事吧？
요즘 별로 기쁘지 않아 보이는데 괜찮아요？
Yo jeum byeol ro gi ppeu ji an a bo i neun de gwaen chan a yo?

朋 感冒的話一定要按時吃感冒藥。
감기에 걸리면 감기약을 꼬박꼬박 먹어야 돼요．
Gam gi e geol ri myeon gam gi yak eul kko bak kko bak meok eo ya dwae yo.

朋 最近天變冷了，出去要多穿點衣服。
요즘 날씨가 추워지니까 따뜻하게 입고 다녀요．
Yo jeum nal ssi ga chu wo ji ni kka tta tteut ha ge im go da nyeo yo.

朋 因為是換季，一定要小心感冒。
환절이라서 감기 조심해야 돼요．
Hwan jeol i ra seo gam gi jo sim hae ya dwae yo.

💬 "名詞＋(이)라서"表示"因為……"。

好久不見了，最近過得好嗎？
오랜만이에요．요즘 잘 있나요？
O raen man I e yo. Yo jeum jal it na yo?

💬 "잘 있다"以為"好好的"。

警告、責怪

🎧 088.mp3

下 下次請不要再遲到了。	다시 지각하지 마십시오 .	

다시 지각하지 마십시오 .
Da si ji gak ha ji ma sip si o.
💬 "다시 – 지 마"意為 "下次不要再……了"。

不要再提那事了。

그 일을 다시 입에 담지 마십시오 .
Geu il eul da si ip e dam ji ma sip si o.
💬 "입에 담다"意為 "放在嘴上"。

下 注意以後不要再犯類似的差錯。

다시는 이런 실수를 없도록 주의하십시오 .
Da si neun i reon sil su reul eop do rok ju ui ha sip si o.
💬 "- 도록 하다"意為 "為了……，盡量做……"。

請不要在學校吸煙。

학교에서 담배를 피우지 마십시오 .
Hak gyo e seo dam bae reul pi wu ji ma sip si o.

如果不去上學會被老師訓斥的。

학교에 안 가면 선생님께서 혼낼 거예요 .
Hak gyo e an ga myeon seon saeng nim kke seo hon nael geo ye yo.

朋 下 不要再做這樣的傻事了。

이런 바보 짓을 다시 하지 마 .
I reon ba bo jit eul da si ha ji ma.
💬 "짓"專指不好的事情，這裏 "바보 짓"意為 "傻事"。

這是最後的機會，一定要好好做。

이번은 마직막 기회예요 . 꼭 잘해야 돼요 .
I beon eun ma ji mak gi hoe ye yo. Kkok jal hae ya dwae yo.

🎧 089.mp3

	要好好的做事，這麼做怎麼可以呢？	일을 똑바로 해야지요！이렇게 하면 어떻게 해요？
		Il eul ttok ba ro hae ya ji yo! I reo ke ha myeon eo tteok hae yo ?
下	為什麼總蹺課？	왜 자꾸 땡땡이 치냐？
		Wae ja kku ttaeng ttaeng i chi nya?
朋	等你兩個多小時了，為什麼總是讓人等你？	두 시간이나 기다렸는데 왜 자꾸 사람을 기다리게 해요？
		Du si gan i na gi da ryeot neun de wae ja kku sa ram eul gi da ri ge hae yo?
	怎麼那麼心不在焉？	왜 그렇게 정신이 없어요？
		Wae geu reo ke jeong sin i eop eo yo?

💬 "정신이 없어요" 意為 "沒有精神，無精打采"。

89

後悔

🎧 090.mp3

真的很後悔。	정말 후회해요 . Jeong mal hu hoe hae yo.
不知道我有多麼後悔。	제가 얼마나 후회하고 있는지 모르겠어요 . Je ga eol ma na hu hoe ha go it neun ji mo reu get eo yo. 🌀 "얼마나 …는지 모르겠어요" 意為 "不知道有多……"。
真後悔我説了那樣的話。	그런 말을 한 게 정말 후회돼요 . Geu reon mal eul han ge jeong mal hu hoe dwae yo.
真後悔我錯過了那麼好的機會。	그런 좋은 기회를 놓친 게 정말 후회됐네요 . Geu reon jo eun gi hoe reul not chin ge jeong mal hu hoe dwaet ne yo.
我不是故意那樣做的。	저는 일부러 그렇게 한 것이 아니예요 . Jeo neun il bu reo geu reo ke han geot i a ni ye yo. 🌀 "일부러" 的意思是 "故意的做……"。
朋 我本不應該那樣説的。	제가 그렇게 말하지 않았어야 되는데…… Je ga geu reo kee mal ha ji an at eo ya doe neun de...... 🌀 "- 지 않았어야 되는데" 意為 "要是過去沒……就好了"。
朋 我要是事先好好準備就好了。	제가 미리 잘 준비를 해 놓았으면 좋았을 텐데…… Je ga mi ri jal jun bi reul hae no at eu myeon jo at eul ten de...... 🌀 "놓았으면 좋았을 텐데…" 意為 "要是……就好了，常用過去式表達"。

🎧 091.mp3

朋	我沒有做這樣的事情就好了。	이런 일을 하지 않았으면 좋았을 걸 .
		I reon il eul ha ji an at eu myeon jot at eul geol.
	這都是我的不對。	이건 다 내 잘 못이에요 .
		I geon da nae jal mot i e yo.
	我把事情給弄砸了。	제가 이 일을 망쳐 버렸어요 .
		Je ga i il eul mang chyeo beo ryeo sseo yo.

💬 "일을 망치다" 意為 "把事情搞砸"。

上	是我説的太過分了	제 말이 너무 지나쳤어요 .
		Je mal i neo mu ji na chyeot eo yo.
上	請原諒我這一回。	한 번만 용서해 주세요 .
		Han beon man yong seo hae ju se yo.
	請原諒我這次。	類 이 번만 봐 주세요 .
		I beon man bwa ju se yo.
	不能原諒我嗎？	저를 용서해 주시면 안 돼요 ?
		Jeo reul yong seo hae ju si myeon an dwae yo?
	求你接受我的道歉。	제발 나의 사과를 좀 받아 줘요 .
		Je bal na ui sa gwa reul jom bat a jwo yo.
上	是我的不對，請別往心裏去。	제가 실수를 한 거예요 . 마음에 두지 마세요 .
		Je ga sil su reul han geo ye yo. Ma eum e du ji ma se yo.

祝福

🎧 092.mp3

上 祝您新年快樂，健康長壽。

새 해 복 많이 받으시고 오래오래 사세요 .

Sae hae bok man i bat eu si go o rae o rae sa se yo.

祝你幸福。

행복하세요 .

Haeng bok ha se yo.

恭喜發財！

부자되세요 !

Bu ja dwae se yo!

🐾 "부자" "有錢人，富人" 的意思。

上 祝你玩得愉快！

좋은 시간 되세요 !

Jo eun si gan dwae se yo!

🐾 這句話還可以説 "즐겁게 보내세요"。

上 恭喜晉升！

승진을 축하해요 !

Seung jin eul chuk ha hae yo!

🐾 表示祝賀的動詞是 "축하하다"。用這個動詞，將祝賀的事情當做賓語。

朋 祝你度過愉快的一天。

좋은 하루 .

Jo eun ha ru.

🐾 這是一個縮略的表述方式，省略的部分是 "보내세요"。

恭賀新婚之喜。

결혼을 축하합니다 .

Gyeol hon eul chuk ha hap ni da.

真是天造地設的一雙啊！

정말 천생연분이네요 !

Jeong mal cheon saeng yeon bun i ne yo!

祝你們白頭偕老！

검은 머리가 파뿌리 될때까지 행복하세요 !

Geom eun meo ri ga pa bbu ri doel ddae gga ji haeng bok ha se yo!

🐾 這句話用於祝福新婚夫婦，意為 "祝你們白頭偕老"。

🎧 093.mp3

上	教師節快樂。	스승의 날 축하드립니다 .
		Seu seung ui nal chuk ha deu rip ni da.
下	兒童節快樂。	어린이 날 잘 보내 .
		Eo rin i nal jal bo nae.
下	早上好。	좋은 아침 .
		Jo eun a chim.

🌸 有 "早安，早上愉快" 等意思。 "아침" 可以替換為其他時間名詞。

中秋節快樂！　즐거운 추석이 되시기 바랍니다 .
Jeul geo un chu seok i doe si gi ba rap ni da.

🌸 "- 기 바랍니다"，前面加動詞詞幹，表示希望某種事情。

祝所有的願望都　모든 소망 다 이루세요 .
能實現。　　　　Mo deun so mang da i ru se yo.

🌸 "소망" 是 "願望" 的意思，이루다意為實現，還是用命令句作為祝福。

不管多麼累，多　피곤해도 힘들어도 웃으세요 !
麼辛苦，請笑一　Pi gon hae do him deul eo do ut eu se yo.
笑吧！

🌸 "아어도" 有 "不管，即使" 的意思，並列兩個前提，後使用祈使句表示祝願。

Column 3 **韓國古朝鮮時期的建國神話——檀君神話**

相傳天神桓因的兒子桓雄想統制人間，向他的父親要求將朝鮮半島作為他的領地。桓因允准了他的要求，並派3000名隨從同他一道來到人間。

桓雄降臨在太白山山頂的神壇樹下。他自號天王，建立了神城。他任命了3位大臣分別掌管風、雨、雲，並教臣民學習耕作、醫藥、木工、編織和打魚等360種技藝。他還教臣民辨善惡，並製作了一部法典。

當時有一熊一虎住在神壇樹附近的一個大山洞中，每日來到神壇樹前向桓雄祈禱，希望自己能變成人身。桓雄將它們叫到跟前，給了它們20瓣大蒜和一把艾草。他説："吃下這些東西，百日之內不要出山洞，如能做到，便可變成人類"。熊和虎將蒜和艾蒿吃下，回到洞中，虎耐不住煎熬，不久便出了山洞。熊則安心等待，才過了21天，便變成了一個美貌的女人，後人稱之為熊女。

熊女十分高興。但是由於找不到娶她為妻的人，於是她又到神壇樹前祈禱，希望能有一個孩子。桓雄很憐憫她，便將自己暫時變成了人形，與之結婚。熊女後來就有了身孕，不久便生下了一個兒子，取名叫檀君。

全國的臣民對檀君的出生都感到十分喜悦，後來檀君成了半島上的君王。他定平壤為都城，稱他的王國為"朝鮮"。

語法3：-ㅂ니까？

-습니까？是疑問句的終結詞尾，是一種尊敬的語氣。

閉音節（有收音的）單詞詞幹 + ㅂ니까？

開音節（沒有收音的）單詞詞幹 + 습니까？

例：

보다：봅니까？ 看
Bo da: bop ni kka?

공부하다：공부합니까？ 學習
Gong bu ha da: gong bu hap ni kka?

쓰다：씁니까？ 寫
Sseu da: seup ni kka?

말하다：말합니까？ 説
Mal ha da: mal hap ni kka?

사다：삽니까？ 買
Sa da: sap ni kka?

비싸다：비쌉니까？ 貴
Bi ssa da: bi ssp ni kka?

읽다：읽습니까？ 讀
Ik da: ik seum ni kka?

좋다：좋습니까？ 好的
Jo ta: jit seup ni kka?

맑다：맑습니까？ 晴朗的
Mak da: mak seup ni kka?

맛있다：맛있습니까？ 好吃的
Mat it da: mat it seup ni kka?

웃다：웃습니까？ 笑
Ut da: ut seup ni kka?

그렇다：그렇습니까？ 那樣的
Geu reot da: geu reot seup ni kka?

울다：웁니까？ 哭
Ul da: um ni kka?

놀다：놉니까？ 玩
Nol da: nom ni kka?

Chapter 4

深入談論

教育

🎧 096.mp3

21 世紀教育急劇轉向國際化。	21 세기 교육은 급격히 세계화를 지향하게 되었습니다.
	21 se gi gyo yuk eun geum gyeok hi se gye hwa reul ji hyang ha ge deo eot sip ni da.
	🔧 "세계화를 지향하게 되었습니다." "轉向國際化。"
不是誰都能去名牌大學留學的。	아무나 명문대에 유학을 갈 수 없어요.
	A mu na myeong mun dae e yu hak eul gal sue op eo yo.
	🔧 "아무나",表示"誰都"的意思。"아무거나"用於物品,"什麼都"。
真的打算申請美國的名牌大學麼?	정말 미국의 명문대학교에 신청할 셈이에요?
	Jeong mal mi guk ui myeong mun dae hak gyo e sin cheong hal semi e yo?
	🔧 "- 을 셈이다" "打算,想要"。
怕不及格,所以好好複習了。	시험에 떨어질까봐 열심히 복습을 했어요.
	Si heom e tteol eo jil kka bwa yeol sim hi bok seup eul hae sseo yo.
	🔧 "…까봐" "恐怕……"。前句的對動作結果表示擔心,"恐怕……"的意思。
韓國高中生高考競爭很激烈。	한국의 고등학교 학생들은 수능 시험경쟁이 너무 치열한 것 같아요.
	Han guk ui go deung hak gyo hak saeng deul eun su neung si heom gyeong jaeng i neo mu chi yeol han geot gat a yo.
	🔧 "한 것같아요."意為"好像……",表達推測的意思。

097.mp3

按老師説的做。	선생님 말씀대로 해요.
	Seon saeng nim mal sseum dae ro hae yo.

韓國的教育熱潮世界聞名。

한국의 교육열은 세계적으로 널리 알려져 있어요.

Han guk ui gyo yuk yeol eun se gye jeok eu ro neol ri al ryeo jyeo it eo yo.

✿ "세계적으로 널리 알려져 있어요." "世界聞名"。
"아 / 어지다"表示動作的變化過程。變化後看作是自動詞，"널리"是廣泛圍的意思。

給孩子支付補習班的費用成為家庭經濟的負擔。

아이들이 학원에 내는 비용이 가정 경제에 부담이 됩니다.

A i deul i hak won e nae neun bi yong i ga jeong gyeong je e bu dam i deop ni da.

✿ 根據冠詞形用法，"動詞내다（現在時）+는+名詞"。
"내는 비용"，"支付的費用"；"부담이 되다"，意為"成為負擔"的意思。

小學生放學後去補習班是很普遍的。

초등학생들이 수업이 끝나면 학원에 다니는 것이 일반적이에요.

Cho dung hak saeng deul i sue op i kkeut na myeon hak won e da ni neun geo si il ban jeok i e yo.

✿ "일반적이다"，是"一般的，普遍的"意思。

🎧 098.mp3

過度的教育熱潮引起多種多樣的問題。	지나친 교육열로 인해 생겨난 여러가지 문제가 있습니다 .
	Ji na chin gyo yuk yeol ro in hae saeng gyeo nan yeo reo ga ji mun je ga it seum ni da.
	✿ "- 로 인해"表原因，一般用於引發不好的結果。
韓國名言中有這樣一句話"教育是百年大計"。	한국에서 유명한 말 가운데 '교육은 백년지대계'라는 말이 있습니다 .
	Han guk e seo yu myeong han mal ga un de gyo yuk eun baek nyeon ji dae gye ra neun mal i it seum ni da.
	✿ "라는" 直接引語，是 "라고 하는" 的縮寫，作為冠詞形修飾名詞말 (語言，話語) 。意為 "有……的話"。

就業

| 簡歷應該按照事實填寫準確。 | 이력서는 사실대로 정확하게 써야 돼요 .
I ryeok seo neun sa sil dae ro jeong hwak ha ge sseo ya dwae yo.
⚙ 사실대로，按照事實的意思，정확하다，準確的意思，詞幹加上게將其轉化為副詞，意為"準確地"。 |

| 也有一畢業就失業的大學生。 | 졸업하자마자 실업하는 대학생도 있어요 .
Jol eop ha ja ma ja sil eop ha neun dae hak saeng do it eo yo.
⚙ …자마자 —……就，表示動作或行為的連續。 |

| 不管是首爾還是地方只要能找到工作就行。 | 서울이든 지방이든 취직할 수 있으면 돼요 .
Seo ul i deun ji bang i deun chwi jik hal su i sseu myeon dwae yo.
⚙ "- 이든 - 이든"表示列舉，"……也好……也罷"。 |

| 因為工作不好找，說不定會出國留學。 | 취직하기가 어려워서 외국 유학을 갈지도 모르겠습니다 .
Chwi jik ha gi ga eo ryeo wo seo oe guk yu hak eul gal ji do mo reu get sseum ni da.
⚙ "- ㄹ지도 모르겠습니다 ."　"也許，說不定"，句型表示"也許……，說不定……"的意思，體現一種不確定的意味。 |

| 我應該得到和能力相當的待遇。 | 제 능력만큼 대우를 받아야 돼요 .
Je neung nyeok man keum dae u reul bat a ya dwae yo.
⚙ "…만큼"　"像……一樣的"。 |

🎧 100.mp3

不一定月薪高，就是好職位。	월급이 많아야만 좋은 일자리인 것은 아닙니다 . Wol geup i man a ya man jo eun il ja ri in geot eun a nip ni da. 💭 "…야만 - ㄴ 것은 아니다"表示否定，"不一定非要……就……"。
似乎是理想的職位，所以正努力準備面試。	이상적인 일자리 일듯 싶어서 열심히 면접시험을 준비하고 있어요 . I sang jeok in il ja ri il deut sip eo seo yeol sim hi myeon jeop si heom eul jun bi ha go i eo yo. 💭 表示推測，意為"好像……似乎……"。

經濟

🎧 101.mp3

聽說過"漢江奇蹟"麼?	'한강의 기적'이라고 들어 봤어요? Han gang ui gi jeok i ra go deul eo bwat eo yo? 🔧 "이라고"是直接引語的用法,前面用引號添加上要引用的內容。
"漢江奇蹟"就是象徵韓國經濟騰飛的語言。	'한강의 기적'은 한국 경제의 놀라운 발전을 상징하는 말이다. Han gang ui gi jeok eun han guk gyeong je ui nol ra un bal jeon eul sang jing ha neun mal i da. 🔧 "을 상징하다","象徵……",冠詞型來修飾말(語言,話語)。
韓國的電子產業是眾多產業中最發達的。	한국 전자산업은 많은 산업중 가장 발전한 것 입니다. Han guk jeon ja san eop eun man eun san eop jung ga jang bal jeon han geot ip ni da. 🔧 "…중 가장 …입니다"."是……之中最……的"在某個範圍之內的最高級,중來限定範圍,가장是"最"的意思。
韓國企業中很多是以家族為中心經營的。	한국 기업은 친인척이 중심이 되어 회사를 경영하는 경우가 많아요. Han guk gi eop eun chin in cheok jung sim i doe eo hoe sa reul gyeong eong ha neun gyeong u ga man a yo. 🔧 "중심이 되어","以……為中心"。

🎧 102.mp3

三星被認為是電子產業裏世界性的企業。	삼성은 전자산업 분야에서 세계적인 기업으로 알려져 있습니다 .
	Sumsaeng eun jeon ja san eop bun ya e seo se gye jeok in gi eop eu ro al ryeo jyeo it sim ni da.
	🌸 "으로"是 "作為" 的意思 , "알려지다" 是 "知道" 的被動態 , 即被瞭解 , 被認為。
韓國人的精打細算也完全體現在日常生活之中。	한국인의 알뜰함은 실제 생활에서도 그대로 나타납니다 .
	Han guk in ui al tteul ham eun sil je saeng hwal e seo do geu dae ro na ta nab ni da.
	🌸 "그대로" 有原原本本的意思 , 和 "나타나다" 連用表示 "完全地體現出來"。
常去價格比較便宜的大型賣場買東西。	자주 가격이 비교적 싼 대형마트에서 물건을 삽니다 .
	Ja ju ga gyeok i bi gyo jeok ssan dae hyeong ma teu e seo mul geon eul sap ni da.
	🌸 "비교적" 用來修飾形容詞 , 比較……的。
省錢節約被認為是優良的生活習慣。	돈을 아끼고 절약하게 쓰는 것을 아름다운 생활 습관으로 여깁니다 .
	Don eul a kki go jeol yak ha ge sseu neun geot eul a reum da un saeng hwal sip gwan eu ro yeo gip ni da.
	🌸 "…으로 여깁니다" , "被認為是……" , "여기다" , "認為" 的意思 , 常和 "으로" 連用。
存那麼多錢就是為了買房子。	많은 저축을 하는 것은 바로 집을 사기 위해서 입니다 .
	Man eun jeo chuk eul ha neun geot eun ba ro jip eul sa gi wi hae seo ip ni da.
	🌸 "動詞詞幹 + 기 위해서" , 表示 "為了什麼" , 可以放在句首 , 放在句尾要加 "입니다"。表示 "……是為了……" 的意思。

🎧 103.mp3

聽説你買股票賺了很多錢？	증권을 사서 돈을 많이 벌었다면서요？ Jeung gwon eul sa seo don eul man i beol eot da myeon seo yo? 💬 "詞幹 + 면서요"，表示 "聽説……" 的意思。
投資股票賺了點兒錢。	저는 증권을 투자하여 좀 벌었어요. Jeo neun jung gwon eul tu ja ha yeo jom beol eot eo yo.
現在在韓國社會中貧富差距逐漸嚴重起來。	오늘날 한국에서는 사회적 빈부 격차가 점점 심해지고 있습니다. O neul nal han guk e seo neun sa hoe jeok bin bu gyeok cha ga jeom jeom sim hae ji go it sip ni da. 💬 "점점" 是副詞，表示 "逐漸、漸漸" 的意思；形容詞加上 "아 / 어지다" 表示變化。
只有努力工作才能維持生計。	열심히 일해야만 생계를 유지할수 있습니다. Yeol sim hi il hae ya man saeng gye reul yu ji hal su it sim ni da. "아 어야" 和 "만" 兩個語法的疊加，也是兩個意思的疊加，即 "只有……才……"，用來表示前提。
通過宏觀調控來解決經濟問題。	거시적인 조절을 통해서 경제문제를 해결할수 있습니다. Geo si jeok in jo jeol eul tong hae seo gyeong je mun je reul hae gyeol hal su it sip ni da. 💬 "을 통해서" 表示方式，"通過……"；後句是 "- ㄹ 수 있다"，"能夠" 的意思。

新聞

🎧 104.mp3

報紙能給我們帶來很多方面的資訊。	신문은 우리에게 여러 가지의 정보를 줄 수 있습니다 .
	Sin mun eun u ri e ge yeo reo ga ji ui jeong bo reul jul su it sseup ni da.
	🎬 "여러가지의"意為 "多種多樣的……"。
今天報紙中有關於經濟政策的報道。	오늘 신문에 경제정책에 관한 기사가 있습니다 .
	O neul sin mun e gyeong je jeong chaek e gwan han gi sa ga it seum ni da.
	🎬 "…에 관하다", "關於……的",做冠詞型修飾 "기사"。
您通常喜歡看哪個版面？	일반적으로 신문의 어느 지면을 즐겨 보세요 ?
	Il ban jeok eu ro sin mun ui eo neu ji myeon eul jeul gyeo bo se yo?
	🎬 "지면"漢字詞 "紙面",意為 "版面"的意思。喜歡用 "즐겨보다"。
現代人獲取資訊的方式多種多樣。	현대인들이 정보를 얻을 수 있는 방식이 다양합니다 .
	Hyeon dae in deul i jeong bo reul eot eul su it neun bang sik i da yang hap ni da.
	🎬 "는"是冠詞型修飾方式做主語,謂詞是形容詞 "다양하다",多種多樣的意思。
報紙直至今日還是重要的資訊媒體。	신문은 오늘 날에도 중요한 정보매체입니다 .
	Sin mun eun o neul nal e do jung yo han jeong bo mae che ip ni da.
	🎬 "오늘날", "現在"的意思, "도"表示 "即使"得意思。

🎧 105.mp3

肇事司機把傷者丟在路上就逃跑了。	사고를 친 운전자는 부상자를 길에 버려둔 채로 도망쳤어요 .
	Sa go reul chin un jeon ja neun bu sang ja reul gil e beo ryeo dun chae ro do mang chyeo sseo yo.

⚙ "-ㄴ 채로"，"持續……着"。表示保持某種狀態，通常為非正常的情況，"就那麼……着"。

採訪了目擊者並且對現場進行了調查。	목격자를 인터뷰를 할 겸 현장을 조사했어요 .
	Mok gyeok ja reul in teo byo reul hal gyeom hyeon jang eul jo sa haet eo yo.

⚙ "겸"表示同時涉及的事情，意為"兼，順便……"。

如果提前告訴你完成不了就好了。	미리 못 완성한다고 얘기하면 좋았을 걸 그랬어 요 .
	Mi ri mot wang saeng han da go yae gi ha myeon jot at eul geol geu raet eo yo.

⚙ "…걸 그랬어요"，"要是……就好了"。表示後悔，如果做了某事就好了。

編輯們猶豫着到底是否刊載這篇報道。	편집들은 이 기사를 실어야 할지 망설였어요 .
	Byeon jip deul eun i gi sa reul sil eo ya hal ji mang seol yeo sseo yo.

⚙ "지"有選擇的意味，"망설이다"的詞義就是猶豫不決的，連起來表示對某事猶豫。

想瞭解讀者們的態度，正在進行調查。	독자들의 태도를 알셈으로 조사를 하고 있습니 다 .
	Dok ja deul ui tae do reul al sem eu ro jo sa reul ha go it seup ni da.

🎧 106.mp3

按理説讀者應該感興趣，為什麼反應冷淡呢？

독자들이 관심이 있을 법한데 왜 반응은 좋지 않아요?

Dok ja deul gwan sim i it eul beop han de wae ban eung eun jo chi an a yo?

🔧 "법하다" 有 "常理常識" 的意思，後句連接與前句相反內容的問句，表示 "按理説應……" 的意思。

讀者調查之後再確定主題。

독자조사를 한 끝에 주제를 확정했습니다.

Dok ja jo sa reul han kkeunt e ju je reul hwak jeong haet seup ni da.

🔧 "- ㄴ 끝에"，經過一段時間或者一段努力而得到的結果，表示 "……之後，終於……" 的意思。

商業

聽說了招標購買的消息。　입찰구매 한다는 소식을 들었습니다 .

Ip chal gu mae han da neun so sik eul deul eot seum ni da.

💬 "…다는 소식을 들었습니다"，"聽到……的消息"，"다는"是間接引語"다고 하다"的冠詞型，修飾消息。

沒有聯繫就找來了。　연락을 하지 않고 직접 찾아 왔어요 .

Yeon rak eul ha ji an go jik jeop cha ja wat eo yo.

💬 "지 않다"是我們熟悉的否定句，加上表示動作並列的고，意為"不……，沒……，就……"。

為了詳細打聽那個消息真實與否所以來了。　그 소식이 사실인지의 여부를 자세히 알아 보고자 왔습니다 .

Geu so sik i sa sil in ji ui yeo bu reul ja se hi al a bo go ja wat seup ni da.

💬 "알아 보다"是"打聽"的意思，"고자 하다"表示目的。

資訊真靈通。　정보가 과연 빠르시네요 .

Jeong bo ga gwa yeon ppa reu si ne yo.

💬 表示感歎的句型。

根據國際慣例公開進行招標。　국제 관행에 따라 공개입찰을 하겠습니다 .

Guk je gwan haeng e tta ra gong gae ip chal eul ha get seum ni da.

💬 "…에 따라"，"根據……"固定搭配的用法。"국제관행에 따라"意為"根據國際慣例……"。

🎧 108.mp3

現今電子商務被認為關係着對外貿易發展的成敗。

오늘날 전자상거래가 대외무역발전의 성패에도 관계된다고 생각합나다 .

O neul nal jeon ja sang geo rae ga dae oe mu yeok pal jeon ui seong pae e do gwan gye doen da go saeng gak hap ni da.

💬 "관계되다"表示"關係着……，與……有關係"，다고 생각하다表示"認為……"。

怎麼能不重視呢？

중요시 하지 않을리가 있겠습니까 ?

Junng yo si ha ji an eul ri ga it get seup ni kka?

💬 "ㄹ리가 있다"表示"有……的道理"，在這個句型中用於問句。

現在中國電子商務的發展水準和國際相比還有距離。

중국의 전자상거래 발전수준은 국제수준과는 아직 거리가 멉니다 .

Jung guk ui jeong ja sang geo rae pal jeon su jun eun guk je su jung gwa neun a jik geo ri ga meop ni da.

💬 "…과는 아직 거리가 멉니다"，"和……尚有距離"。"아직"是尚未，"還有"的意思。

貴公司是值得信賴的合作夥伴。

귀사는 믿음직한 파트너입니다 .

Gwi sa neun mi deum jik han pa teu neo ip ni da.

💬 "- 음직하다"表示程度，"值得……"。

因為國際市場價格每天都在變化。

요즘 국제시장 가격이 하루가 다르게 변하기 때문이에요 .

Yo junm huk je si jang ga gyeok i ha ru ga da reu ge byeon ha gi ttae mun i e yo.

💬 "하루"，"一天"，"다르다"，"不同的"，"변하다"，"變化的"意思，組合起來表示"日新月異"的意思。

🎧 109.mp3

請相信我們公司的誠意。
저희 회사의 성의를 믿어주십시오 .
Jeo hui hoe sa ui seong ui reul mite o ju sip si o.

到底還是生意人啊。
과연 장사꾼은 장사꾼이로군요 .
Gwa yeon jang sa kkun eun jang sa kkun i ro gun yo.

💬 "과연 …군요". "果然是……" 。

考慮到長期合作，價格上再降低點吧？
장기적인 협력을 고려해서 가격을 좀 더 낮출 수 있나요 ?
Jang gi jeok in hyeop ryeok eul go ryeo hae seo ga gyeok eul jom deo nat chul su it na yo?

💬 "을 / 를 고려해서… ㄹ 수 있나요 ?" ， " 考慮到……還能……?"

中國與韓國

🎧 110.mp3

中國和韓國歷史上關係緊密是眾所周知的事實。

중국과 한국은 역사적으로 밀접한 관계를 가져왔음은 주지의 사실입니다 .

Jung guk gwa han guk eun yeok sa jeok eu ro mil jeop han gwan gye reul ga jyeo wat eum eun ju ji ui sa sil im ni da.

☸ "주지의 사실"，"周知的事實"。翻譯為 "……是眾所周知的。"

1992 年中韓建交之後，兩國的友好關係快速恢復。

1992 년 중한수교가 이루어지면서 양국은 우호 관계를 빠른 속도로 회복해가고 있습니다 .

1992 nyeon jung han su gyo ga i rue o ji myeon seo yang guk eun u ho gwan gye reul ppa reun sok do ro hoe bok hae ga go it seum ni da.

☸ "빠른 속도로"，"高速地，快速地"。"로"在這裏表示方式，"以……"的意思。

中國經濟的發展不得不讓人驚歎。

중국 경제의 발전에 놀라지 않을 수 없습니다 .

Jung guk gyeong je ui bal jeon e nol ra ji an eul su eop seum ni da.

☸ 雙重否定，表示 "不能不……"，"不得不……"，加強肯定語氣。

韓國集中關注着中國巨大的市場。

한국은 중국의 거대한 시장에 주의를 기울이고 있습니다 .

Han guk eun jung guk ui geo dae han si jang e ju ui reul gi ul i go it seum ni da.

☸ "주의를 기울이고 있습니다"表示 "集中關注"，"기울이다"有 "傾倒"的意思，將注意力轉移到某個方面。

🎧 111.mp3

通過對話增進瞭解。	대화를 나눔으로써 서로 이해를 증진할 수 있다.
	Dae hwa reul na num eu ro sseo seo ro i hae reul jeung jin hal su it da.

🔊 "- ㅁ으로써", "通過……"。

中國在東北亞地區扮演重要的角色。	중국은 동북아에서 중요한 역할을 맡고 있습니다.
	Jung guk eun dong buk a e seo jung yo han yeok hal eul mat go it seum ni da.

中國和韓國之間有很大的文化差異麼？	중국과 한국 사이에 큰 문화차이가 있습니까?
	Jung guk gwa han guk sa i e keun mun hwa cha i ga it seum ni kka?

🔊 "…과 …사이에", "……和……之間", "사이" 表示 "之間" 的意思，作為名詞還有 "關係" 的意思。

雖然同屬漢字文化圈，但文化還是有很多差異。	같은 한자문화권 나라지만 차이가 많이 있어요.
	Gat eun han ja mun hwa gwon na ra ji man cha i ga man i it eo yo.

🔊 "같은 …(이) 지만 차이가 많이 있어요". 是 "相同的……但有很多差異"。在說明相同的情況下，後句通過 "지만" 轉折，表示還有差異。

中國的飲食文化有悠久的傳統。	중국의 음식문화가 유구한 전통이 있습니다.
	Jung guk ui eum sik mun hwa ga yu gu han jeon tong i it seum ni da.

🎧 112.mp3

學習韓國語的學生將在中韓關係更領域發揮橋樑作用。	한국어를 배우는 학생들이 중한관계 각 분야에서 매개 역할을 할 것 입니다 . Han guk eo reul bae u neun hak saeng deul i jung han gwan gye gak bun ya e seo mae gae yeok hal eul hal geot im ni da. ⚙ "매개" , 是 "媒介" 的意思。 "매개 역할을 하다" 可以翻譯成 "發揮橋梁作用" 。
所以我也在不經意之間對韓國逐漸開始關注。	그러면서 저도 모르는 사이에 한국에 대한 관심도 점점 높아졌습니다 . Geu reo myeon seo jeo do mo reu neun sa i e han guk e dae han gwan sim do jeom jeom nop a jyeot seum ni da. ⚙ "모르는 사이에 …" , "不知不覺地……" 。
因為持有多次往返簽證，我可以隨意來往。	복수 비자를 가지고 있기 때문에 마음대로 출입국 할 수 있습니다 . Bok su bi ja reul ga ji go it gi ttae mun e ma eum dae ro chul ip guk hal su it seum ni da. ⚙ "마음대로 …" , "隨意地……" 。

音樂

喜歡什麼體裁的音樂？	어떤 음악장르를 좋아해요？
	Eo tteon eum ak jang reu reul jot a hae yo?
我喜歡古典音樂。	💬 나는 클래식 음악을 좋아해요.
	Na neun keul rae sik em ak eul jot a hae yo.
聽不懂京劇，所以不愛聽。	경극을 잘 알아들을 수 없어 듣기 싫어요.
	Gyeong geuk eul jal al a deul eul su eop eo deut gi sil eo yo.
	🔧 "잘 알아들을 수 없어요"，"聽不懂"。這個句式，表示"聽不懂"的意思。
什麼類型音樂會？	어떤 스타일의 콘서트예요？
	Eo tteon seu ta il ui kon seo teu ye yo?
這歌真難聽。	이 노래는 듣기가 너무 힘들어요.
	I no rae neun deut gi ga neo mu him deu reo yo.
	🔧 這個句式，表示"不好聽"，"難聽"的意思。
我不懂音樂，分辨不出來。	저는 음악을 잘 몰라 분별하지 못해요.
	Jeon eun em ak eul jal mol ra bun byeol ha ji mot hae yo.
今天音樂會的樂隊是很有名的。	오늘 콘서트 연주단은 아주 인기가 있어요.
	O neul kon seo teu yeon ju dan eun a ju in gi ga it eo yo.
	🔧 "인기가 있어요"，"有人氣"。
這首歌詞飽含着熱情。	가사는 뜨거운 감정이 내포되어 있어요.
	Ga sa neun tteu geo un gam jeong i nae po doe eo it eo yo.

114.mp3

這部電影不遜色於獲奧斯卡獎的電影。	이 영화는 오스카상에 손색이 없는 영화이에요 . I yeong hwa neun o seu ka sang e son saek i eop neu yeong hwa i e yo. "손색이 없다" , "不遜色"。
快別唱了，噪音一樣。	어서 그만 부르세요 . 소음과 마찬가지예요 . Eo seo geu man bu reu se yo. So eum gwa man chan ga ji ye yo. "소음과 마찬가지다." , "噪音一樣。"
我覺得你的聲音很好聽，我喜歡你的聲音。	나는 네 목소리가 듣기 좋아 . na neun ne mok seo ri ga deuk gi jot a. 這個句式，用於表達某個聲音很好聽時使用。表示"聽起來好聽"或者"我喜歡聽"的意思。
我不太會唱歌。	저는 노래를 잘 못 불러 음치예요 . Jeon eun no rae reul jal mot bul reo eum chi ye yo. "음치예요." , "音癡，五音不全"。
這首歌清唱更好聽。	이 노래를 반주없이 부르는 것이 더 좋다 . I no rae reul ban ju eop si bu reu neun geot i deo jot ta. "반주없이 부르다" , "無伴奏清唱"。

🎧 115.mp3

能把背景音樂小點聲麼？ 배경음악 소리를 좀 낮추어줄 수 있나요？
Bae byeong eum ak so ri reul jom nat chu
eo jul su it na yo?

💬 "소리를 낮추다"，"小點聲"。

我想點尹度鉉的歌。 윤도현의 노래를 고르고 싶어요.
Yun do hyeon ui no rae reul go reu go sip
eo yo.

💬 "노래를 고르다"，"選歌，點歌"。"-고
싶다"是"想幹什麼"的意思。

文學

🎧 116.mp3

我喜歡看小説。	저는 소설을 좋아해요 . Jeo neun so seol eul jot a hae yo.
我喜歡讀詩集。	저는 시집을 좋아해요 . Jeo neun si jip eul jot a hae yo.
小説主要內容是職場生活的經歷和感想。	소설 주요 내용은 직장생활의 경험과 느낌입니다 . So seol ju yo nae yong eun jik jang saeng hwal ui gyeong heom gwa neu kkim im ni da.
最近熱賣的小説有哪些？	요즘 잘 나가는 소설은 어떤 것입니까 ? Yo jeum jal na ga neun so seol eun eo tteon geot im ni kka?
	💬 "잘"是副詞，"好"的意思；"나가다"意為"出去"，還有"賣出"的意思。
那位作家一定會獲得此次李箱文學獎。	그 작가는 이번 이상문학상을 받음이 분명합니다 . Geu jak ga neun i beon i sang mun hak sang eul bat eum i bun myeong ham ni da.
	💬 "분명하다"，"分明，明顯"的意思，這個句型裏表示某種事物是一定的，表示確定的語氣。
韓國作家獲得諾貝爾文學獎有可能麼？	한국작가는 노벨문학상 수상할 가능성이 있어요 ? Han guk jak ga neun no bel mun hak sang su sang hal ga neung seong i it eo yo?
	💬 "가능성"，"可能性"，這個句型直譯的意思就是 "有……的可能性"麼？用來詢問某件事的可能。

🎧 117.mp3

我想瞭解下韓國近代詩，有好的詩集麼？
저는 한국 근대 시에 대하여 알고 싶은데 좋은 시집이 없어요？

Jeo neun han guk geun dae si e dae ha yeo al go sip eun de jot eun si jip i eop eo yo?

💬 "대하여" 表示 "對於，關於" 的意思；"은데" 在句中表示前句是後句的背景。

這詩集是作家的代表作。
이 시집은 작가의 대표적인 작품입니다.
I si jip eun jak ga ui dae pyo jeok in jak pum im ni da.

要多讀關於文學批評的書籍。
문학비평에 관련된 책을 많이 읽어야 되지요.
Mun hak bi pyeong e gwan ryeon doen chaek eul man i il eo ya doe ji yo.

本來打算買那本詩集，後來沒買。
그 시집을 살까 하다가 안 샀어요.
Geu si jip eul sal kka ha da ga an sat eo yo.

💬 "ㄹ까" 表示 "想要"，有 "猶豫和判斷" 的意味，"하다가" 連接下一個動作，"안" 是否定的意思。整個句型表示 "本來有打算做……，但後來沒有……"。

這本書將成為 2011 年的暢銷作品。
이 책이 2011 년의 베스트셀러가 될 것입니다.
I chaek i 2011 nyeon ui be seu teu sel reo ga doel geot im ni da.

韓龍雲是傑出的詩人，同時是偉大的獨立運動家。
한용운은 뛰어난 시인임과 동시에 위대한 독립 운동가입니다.
Han yong un eun ttwi eon nan si in im gwa dong si e wi dae han dok rim un dong ga im ni da.

💬 "- 임과 동시에"，與 "……同時，又……"。

歌謠

🎧 118.mp3

一起聽韓國歌曲麼？	한국 노래를 같이 들어 볼까요？ Han guk no rae reul ga chi deul eo bol kka yo?
是很好聽的歌曲。	매우 듣기 좋은 노래예요． Mae u deut gi joet un no rae ye yo.
只有旋律相同，歌詞是不一樣的。	멜로디만 같고 가사는 달라요． Mel ro di man gat go ga sa neun dal ra yo. 🌸 "…만 같고 …"，"只有……相同，……不一樣"。
特別喜歡朴孝信的歌曲。	특히 박효신의 노래를 선호합니다． Teuk hi bak hyo sin ui no rae reul seon ho ham ni da. 🌸 "선호하다"表示"偏好"，"偏愛和更喜歡"的意思。
越聽越覺得愉快。	들으면 들을수록 유쾌해집니다． Deul eu myeon deul eul su rok yu kwae hae jim ni da. 🌸 "-면-ㄹ수록"表示某種動作"越……越……"，"아/어지다"表示變化。
心情也變得更好了。	기분도 좋아졌습니다． Gi bun do jot a jyeot seum ni da. 🌸 아/어지다表示變化。使用過去時表示變化的完成。
最近有沒有比較有人氣的歌曲？	요즘 어느 노래가 인기가 있어요？ Yo jeum eo neu no rae ga in gi ga it eo yo? 🌸 "인기가 있다"，"有人氣，受歡迎"的意思。這是韓語中表示受歡迎的固定用法。

🎧 119.mp3

曲子很好歌詞也優美。	곡도 좋고 가사도 아름다워요 . Gok do jot ko ga sa do a reum da wo yo. ⚙ "도"，"也"的意思，前面加名詞；"고"放在動詞形容詞之後表示並列。
雖然不漂亮但看上去很有實力。	예쁘지 않지만 실력이 있는 모양인데요 . Ye ppeu ji an chi man sil ryeok i it neun mo yang in de yo. ⚙ "는 모양이다"，用來表示"好像，看上去……"的推測的意思。
我也喜歡這個類型的歌手。	저도 이런 스타일의 가수를 좋아해요 . Jeo do i reon seu ta il ui ga su reul jot a hae yo. ⚙ "스타일"是外來詞"style"，表示"風格，類型"的意思。
那個明星被評價為受歡迎的歌手。	그 스타는 인기가수로 평가를 받았어요 . Geu seu ta neun in gi ga su ro pyeong ga reul bat at eo yo. ⚙ "로"，有"作為，以……身份"的意思，""평가"是名詞"評價"，"받다"是動詞，表示"得到"。這是一個固定搭配，組合起來表示"被評價為……"的意思。
去年開始活動。	작년부터 활동하기 시작했어요 . Jang nyeon bu teo hwal dong ha gi si jak haet eo yo. ⚙ "…기"之間加上動詞詞幹，"…기 시작하다"表示開始某種動作。
買音樂會票可不容易。	콘서트는 표를 구하기가 쉽지 않지요 . Kon seo teu neun pyo reul gu ha gi ga swip ji an ji yo. ⚙ "…기가 쉽지 않지요 ."，"……不容易"。

119

電影

🎧 120.mp3

經常去電影院看電影麼？	영화를 보러 극장에 자주 가요？ Yeong hwa reul bo reo geuk jang e ja ju ga yo? 💬 "러"表示目的，後面使用表示方向的趨向動詞，即"가다，오다和다니다"。
因為喜歡看電影所以常去。	영화를 선호하기 때문에 자주 가요. Yeong hwa reul seon ho ha gi ttae mun e ja ju ga yo. 💬 "…기 때문에"，"因為……"。
主要喜歡哪類電影？	주로 어떤 영화를 좋아해요？ Ju ro eo tteon yeong hwa reul jot a hae yo? 💬 "주로…"，"主要……"。
朋 太無聊了，我們去看電影吧？ 朋 好的，我也沒事。	너무 심심해，우리 영화 보러 나갈까？ Neo mu sim sim hae，u ri yeong hwa bo reo na gal kka？ 💬 좋아，나도 할 일이 없어. Jot a，na do hal il i eop eo.
朋 一起看吧。	같이 보자. Ga chi bo ja. 💬 "자"在這裏就是表示非敬語的共動，翻譯為"吧"。
還是喜歡文藝片。	아무래도 예술 영화가 좋아요. A mu rae do ye sul yeong hwa ga jot a yo. 💬 "아무래도"，"總是，還是，到底"的意思。
今晚就計劃看一部。	오늘 밤에도 영화 한 편을 볼 계획이에요. O neul bam e do yeong hwa han pyeon eul bol gye hoek i e yo.

一開始看很好笑，最後讓人很感動。	처음에는 너무 웃기다가 나중에는 굉장히 감명 깊었어요 .
	Cheo eum e neun neo mu ut gi da ga na jung e neun goeng jang hi gam myeong gip eot eo yo.
	🐾 "처음에는 …다가 나중에는 …"，" 一開始……最後……"。
電影拍得不錯，但文化背景外國人理解起來很難。	영화는 잘 만들기도 하지만 문화배경이 외국인에게 이해하기 어렵습니다 .
	Yeong hwa neun jal man deul gi do ha ji man mun hwa bae gyeong i oe guk in e ge i hae ha gi eo ryeop seum ni da.
	🐾 "…기도 하지만"，"……但是"。
十有八九得不了獎。	수상을 받지 못하기 십상입니다 .
	Su sang eul bat ji mot ha gi sip sang im ni da.
	🐾 "…기 십상입니다"，" 十有八九……"。
期待韓國電影的繁榮。	한국 영화의 번영을 기대하고 있어요 .
	Han guk yeong hwa ui beon yeong eul gi dae ha go it eo yo.
	🐾 "…을 기대하다"，" 期待……"。

韓流文化

🎧 122.mp3

那個演員不怎麼樣。	그 배우는 별로예요 . Geu bae u neun byeol ro ye yo. 🏵 "별로" 意為 "不很，不怎麼" 的意思。
歌唱得好舞也跳得好，真是全能的。	노래도 잘하고 춤도 잘하고 정말 만능예요 . No rae do jal ha go chum do jal ha go jeong mal man nung ye yo.
最近已經過氣了。	요즘은 인기가 많이 식어졌어요 . Yo jeum eun in gi ga man i sik eo jyeot eo yo. 🏵 "식어지다" 是 "식다" 加上 "어지다" 構成的，意為 "變涼"，形容受歡迎程度下降。
沒有像孫藝珍那樣有氣質又漂亮的女演員了。	손예진만큼 분위기가 있고 예쁜 여배우가 없어요 . Son ye jin man keum bun wi gi ga it go ye ppeum yeo bae u ga eop eo yo. 🏵 "…만큼 …이 / 가 없다"，"沒有像……那樣……"。
韓國最具人氣的歌手是誰？	한국에서 가장 인기가 많은 연예인이 누구십니까 ? Han guk e seo ga jang in gi ga man eun yeon ye in i nu gu sim ni kka?
不管怎麼樣林秀晶是最棒的。	뭐니뭐니 해도 임수정은 최고예요 . Mo ni mo ni hae do im su jeong eun choe go ye yo. 🏵 "뭐니뭐니 해도"，表示 "不管怎麼樣，最重要的是" 的意思。

🎧 123.mp3

我高興得都要樂死了。	너무 기뻐서 죽을뻔 했어요. Neo mu gi ppeo seo juk eul ppeon haet eo yo. 💬 "…아 / 어서 죽을뻔 했어요." "差點……死了"。
看來你很喜歡 Superjunior 啊。	슈퍼주니어를 좋아하나 봐요. Syu peo ju ni eo reul jot a ha na bwa yo. 💬 "나봐요",表推測,意為"看上去……,看來……"。
你最喜歡 Superjunior 中的哪一個成員？	슈퍼주니어 중에 어느 멤버가 제일 좋아요？ Syu peo ju ni eo jung e eo neu mem beo ga je il jot a yo?
13 個人都有各自不同的魅力。	13 명이 모두 다 색다른 매력을 갖고 있습니다. 13 myeong i mo du da saek da reun mae ryeok eul gat go it seum ni da.
我連 13 個人的名字都叫不全……	저는 13 명의 이름조차 잘 못 외우는데…… Jeo neun 13 myeong ui i reum jo cha jal mot oe u neun de...... 💬 "조차",表示"還,連,也"得意思,其後使用否定意思的句子。表示"連……都不能"的意思。
中國人給這一現象起名叫做"韓流"。	중국사람들이 한류라는 이름을 지었습니다. Jung guk sa ram deul i han ryu ra neun i reum eul ji eot seum ni da. 💬 "…라는 이름을 지었습니다.","起了……的名字"。

民俗

🎧 124.mp3

韓國傳統的房子稱為韓屋。	한국의 전통적인 집을 한옥이라 합니다 . Han guk ui jeon tong jeok in jip eul han ok i ra go ham ni da. 💬 "…이라 합니다 ." ， " 叫做……，稱為……" 。
韓屋的住處是依據自然環境和風水地理來選擇的。	한옥은 보통 자연환경과 풍수지리에 의거하여 집터를 잡았습니다 . Han ok eun bo tong ja yeon hwan gyeong gwa pung su ji ri e ui geo ha yeo jip teo reul jap at seum ni da. 💬 "…에 의거하여" ， "依據……" 。
從暖炕上能感受到韓國人的生活習慣。	한국인의 생활습관을 온돌에서 느낍니다 . Han guk in ui saeng hwal seup gwan eul on dol e seo neu kkim ni da. 💬 "…에서 … 을 느낍니다 ." ， " 在……中感受到了……" 。
那種有趣的遊戲我平生沒聽過也沒見過。	그렇게 재미있는 놀이는 내 평생에 듣지도 보지도 못하였습니다 . Geu reo ke jae mi it neun nol i neun nae pyeong saeng e deut ji do bo ji do mot ha yeot seum ni da. 💬 "…지도 …지도 못하다" ， " 既沒……也沒……" 。
韓國清唱是從何時起源的呢？	판소리는 언제 기원한거예요 ? Pan so ri neun eon je gi won han geo ye yo?

125.mp3

大概是從朝鮮時期發展而來的吧。	아마 조선시기부터 발전해 왔을 거예요 ? A ma jo seon si gi bu teo bal jeon hae wat eul geo ye yo? ※ "아마" 通常和 "ㄹ거예요" 或者 "ㄴ것같다" 連用，表示 "好像……" 的推測意思。
因為是民俗藝術，年輕人根本毫不關心。	민속예술이기 때문에 젊은이들이 아예 관심이 없어요 . Min sok ye sul i gi ttae mun e jeol mun i deul i a ye gwan sim i eop eo yo? ※ "아예 관심이 없어요" ，"根本不關心"。
在大學裏受歡迎得無法想像。	대학교에서 인기가 얼마나 많은지 상상할수 없어요 . Dae hak gyo e seo in gi ga eol ma na man eun ji sang sang hal sue op seo yo. ※ "상상하다" ，"想象" 的意思，後加 "ㄹ수없다" ，表示無法想象。"얼마나" ，多少，表示程度的副詞。
韓國像神話這樣的過去的故事多麼？	한국에 신화와 같은 옛날 이야기가 많이 있습니까 ? Han guk e sin hwa wa gat eun yet nal i ya gi ga man i it seum ni kka? ※ "…와 / 과 같은" ，"像……一樣的"。
有檀君神話等很多故事。	건국 신화인 단군이야기를 비롯해서 많은 이야기들이 있습니다 . Geon guk sin hwa in dan gun i ya gi reul bi rot hae seo man eun i ya gi deul i it seum ni da. ※ "를 비롯해서" 表示 "以……為首的，以及 , 等" 的意思。비롯하다本身是開始的意思。

🎧 126.mp3

神話中熊和老虎為了變成人而努力的情節也很有意思。	신화에서 사람이 되기 위해서 곰과 호랑이가 애를 쓰는 장면도 흥미로웠습니다 .
	Sim hwa e seo sa ram i doe gi wi hae seo gom gwa ho rang i ga ae reul sseu neun jang myeon do hung mi ro wot seum ni da.
當今韓國人接受並且重視這種思想。	한국 사람들에게도 매우 중요하게 받아 들여지는 말입니다 .
	Han guk sa ram deul e ge do mae u jung yo ha ge bat a deul yeo ji neun mal im ni da.
檀君神話讓我們知道韓國人的本源。	단군이야기는 한국 사람들의 뿌리를 알 수 있게 해주는 이야기입니다 .
	Dan gun i ya gi neun han guk sa ram deul ui ppu ri reul al su it ge hae ju neun i ya gi im ni da.

🛠 "게하다" 就是表示使動。例句中的 "뿌리" ,願意為 "根" ,還有 "根源,根本" 的意思。

宗教

你信宗教嗎？	종교를 믿어요？ Jong gyo reul mit eo yo?
信佛麼？	불교를 믿습니까？ Bul gyo reul mit seum ni kka?
我信基督教。	기독교를 믿어요． Gi dok gyo reul mit eo yo.
我是無神論者。	저는 무신론자입니다． Jeo neun mu sin ron ja ip ni da.
韓國的價值觀到底是什麼？	한국적 가치란 도대체 무엇입니까？ Han guk jeok ga chi ran do dae che mu eot im ni kka?

🌀 "도대체" 是 "到底" 的意思，用於加強語氣。

有怎樣的特徵？	어떤 특징을 가지고 있습니까？ Eo tteon teuk jeung eul ga ji go it sseum ni kka?

🌀 疑問句句式，"가지다" 是 "帶有" 的意思。

首先應該瞭解韓國人崇拜的宗教。	우선 한국인이 숭배해 온 종교를 알아야 할 것입니다． U seon han guk in i sung bae hae on jong gyo reul al d ya hal geot im ni da.
韓國人幾乎一半不信教，而剩下一半有宗教信仰。	한국인의 거의 절반은 무종교이지만，나머지 절반 신앙 생활을 하고 있어요． Han guk in ui geo ui il ban eun mu jong gyo i ji man，na meo ji jeol ban sin ang saeng hwal eul ha go it eo yo.

🌀 "절반" 是 "一半" 的意思；"나머지" 為 "剩下的"。

🎧 128.mp3

韓國的宗教大致分為佛教、儒教、基督教和新興宗教四類。	한국의 종교는 크게 불교, 유교, 그리스도교, 신흥종교등 4 가지로 나눌 수 있습니다 . Han guk ui jong gyo neun geu ge bul gyo，yu gyo，geu ri seu do gyo，sin hung jong gyo deung 4 ga ji ro na nul su it seum ni da. ✿ "크게" 是形容詞 "크다" 的副詞，"大致的，大概的" 意思；"…가지로 나누다" 意為 "分為幾類"。
在韓國儒教的歷史像佛教一樣由來已久。	한국에서 유교의 역사는 불교의 전래만큼이나 오래되었어요 . Han guk e seo yu gyo ui yeok sa neun bul gyo ui jeon rae man keum i na o rae doe eot eo yo. ✿ "만큼" 放在名詞之後表示程度，即 "像……一樣" 的，"이나" 表示強調。
基督教於 18 世紀經由中國傳入。	18 세기에 기독교는 중국을 통하여 전래되었습니다 . 18 se gi e gi dok gyo neun jung guk eul tong ha yeo jeon rae doe eot seum ni da. ✿ "을 통하여" 表示 "通過，經由" 的意思。
道教的起源是中國。	도교의 기원은 중국입니다 . Do gyo ui gi won eun jung guk im ni da. ✿ "기원"，名詞，"起源"；也可以用為動詞 "기원하다"，"起源"。
韓國是受佛教文化影響的國家。	한국도 불교문화를 많이 받은 나라예요 . Han guk do bul gyo mun hwa reul man i bat eun na ra ye yo.

Column 4　韓國的家庭

韓國是一個很注重傳統文化的國家，傳統的韓國家庭通常是三代或者四代人住在一起的大家庭。過去由於人們都覺得門丁興旺是一種福氣，所以都喜歡大家庭的熱鬧，並且喜歡多生孩子。但是隨着經濟水準的發展，以及孩子的撫養費用和教育費用的提高，每家的孩子平均都減到一兩個。

同時，由於長期受儒家思想的影響，重男輕女的思想對韓國人的影響也一直存在，人們都希望生男孩。但是也是由於經濟水準的發展，人們的思想得到了解放，重男輕女的思想雖然還存在，但是如今幾乎不會影響到年輕人。

傳統家庭的婦女都不外出工作，她們的工作就是在家照顧家庭，打理家務。但是新時代的女性大部分改變了這種想法，她們接受高等教育，喜歡外出工作。

由於現在的韓國生活變得十分緊張忙碌，並且深受西方思想的影響，現代人的傳統家庭觀慢慢改變，都傾向於簡單輕鬆的 "核家庭" 結構，即以一對夫婦為核心的小家庭。

語法 4：表示 "從……到……" 的語法

（1） - 부터 - 까지，用在表示時間和金錢的名詞後面，表示 "從……到……"。

例：

> 오전 9 시부터 오후 4 시까지 공부합니다 .
> O jeon 9 si bu teo o hu 4 si kka ji gong bu hap ni da.
> 早上九點至下午四點學習。

> 월요일부터 금요일까지 일합니다 .
> Wol yo il bu teo geum yo il kka ji il hap ni da.
> 週一到週五工作。

> 오전부터 밤까지 바쁩니다 .
> O jeon bu teo bam kka ji ba ppeup ni da.
> 早上到晚上很忙。

6 월부터 8 월까지 덥습니다 .
6 wol bu teo 8 wol kka ji teop seup ni da.
六月到八月很熱。

치마가 만원부터 2 만원까지 있어요 .
Chi ma ga man won bu teo 2 man won kka ji it eo yo.
裙子的價格從一萬到兩萬價格不等。

신발이 오천원부터 만원까지 있어요 .
Sin bal I o cheon won bu teo man won kka ji it eo yo.
鞋子的價格從五千到一萬都有。

사과가 천원부터 2 천원까지 있어요 .
Sa gwa ga cheon won bu teo 2 cheon won kka ji it eo yo.
蘋果的價格從一千到兩千都有。

(2) – 에서 – 까지，用在表示場所的名詞後面，表示"從哪裏到
哪裏"。

例：

집에서 회사까지 멀어요 ?
Jip e seo hoe sa kka ji meol eo yo.
從家到公司遠嗎？

집에서 학교까지 가까워요 ?
Jip e seo hak gyo kka ji ga kka wo yo.
從家到學校近嗎？

슈퍼에서 병원까지 100Km 입니다
Syu peo e seo byeong won kka ji 100Km ip ni da.
從超市到醫院是一百公里。

Chapter 5

電話

撥出電話

🎧 132.mp3

上	您好，請問朴教授在麼？	여보세요, 박교수 계십니까？ Yeo bo se yo，bak gyo su gye sip ni kka? 🗨 "여보세요"，打電話的基本用語，表示"喂，你好"的意思。
上	您好，請問能和民基通話麼？	여보세요. 민기와 통화할 수 있습니까？ Yeo bo se yo，min gi wa tong hwa hal su it seum ni kka?
上	您好，麻煩叫寶拉接電話。	여보세요, 보라 좀 부탁드립니다. Yeo bo se yo，bo ra jom bu tak deu rim ni da. 🗨 這個句式，用於打電話請求和某人通話時使用。表示"喂，您好。麻煩叫（某人）聽電話"的意思。
	你是允美麼？	혹시 윤미 맞습니까？ Hok si yun mi mat seum ni kka? 🗨 這個句式，用於打電話確認對方身份時使用。表示"你是（某人）麼？"的意思。
上	之前太忙了，好久都沒有聯繫了。	전에 바쁜 일이 많아서 오랜만에 통화하시네요. Jeon e ba ppeun il i man a seo o raen man e tong hwa ha si ne yo. 🗨 這個句式，用於很久沒有打電話的情況。表示"好久沒通電話了"或者"好久沒聯繫了"的意思。
	我打電話就是想告訴你明天會議取消的事。	제가 전화를 한 건 바로 내일 회의가 취소한다는 것을 얘기해 주려고 하는데요. Je ga jeon hwa reul han geon ba ro nae il hoe ui ga chwi so han da neun geot eul ye gi hae ju ryeo go ha neun de yo.

133.mp3

能告訴我梁教授 양교수님의 전화번호를 좀 알려 주실 수 있나요？
的電話號碼麼？ Yang gyo su nim ui jeon hwa beon ho reul jom al
ryeo ju sil su it na yo?

那我就一會兒再 그럼 제가 좀 이따가 다시 전화해 드릴게요 .
打吧。 Geu reom je ga jom i tta ga da si jeon hwa hae deu
ril ge yo.

接聽電話

🎧 134.mp3

很抱歉，允美現在不在。	죄송하지만 윤미는 지금 자리에 없습니다 .
	Jeong song ha ji man yun mi neun ji geum ja ri e eop seum ni da.

> 🔆 這個句式，用於當對方希望通話的人不在時使用。表示"很抱歉，(某人)現在不在"的意思。

我讓他給您打過去。	전화드리라고 전해 줄게요 .
	Jeon hwa deu ri ra go jeon hae jul ge yo.
你好，我就是寶拉。	안녕하세요 ? 저는 바로 보라예요 .
	An nyeong ha se yo? Jeon eun ba ro bo ra ye yo.
朋 不好意思，我現在忙，一會打給你啊。	미안해, 내가 좀 바쁘니까 이따까 전화할게.
	Min an hae，nae ga jom ba ppeu ni kka i dda kka jeon hwa hal ge.
朋 昨天你打電話那會我出去了。	어제 나한테 전화했을 때 내가 나갔어 .
	Eo je na han te jeon hwa hat eul ttae nae ga na gat eo.
朋 不好意思，允美出去了。	죄송한데 윤미가 나갔어요 .
	Joeng song han de yun mi ga na gat eo yo.

135.mp3

寶拉現在不在，要留口信麼？	보라는 지금 없으니까 메시지를 전해드릴까요？

Bo ra neun ji geum eop eu ni kka me si ji reul jeon hae deu ril kka yo?

💬 這個句式，用於對方要找的人不在時，詢問對方是否需要留口信時使用。表示"需要留口信麼？"或者"需要捎個信麼？"的意思。

好的，我知道了。那我掛了。	네，다 알겠습니다. 끊을게요.

Ne, da al get seum ni da. Kkeun eul ge yo.

💬 這個是固定搭配，表示掛斷電話的意思。

打錯電話

🎧 136.mp3

這裏不是電視台，您打錯了。	여기는 방송국이 아닙니다 . 잘 못 걸었습니다 . Yeo gi neun bang song guk i a nim ni da. Jal mot geol eot seum ni da. 💬 "잘 못 걸다" ， "打錯了" 。這是個固定搭配，表示打錯了的意思。
很抱歉，這裏沒有那個人。請重新確認一下電話號碼。	죄송하지만 여기 그런 사람이 없습니다 . 다시 번호를 확인해 보세요 . Jeong song ha ni man yeo gi geu reon sa ram i eop seum ni da. Da si beon ho reul hwak in hae bo se yo.
很抱歉，我打錯電話了。	죄송합니다 . 제가 전화를 잘 못 눌렀습니다 . Jeong song ham ni da. Je ga jeon hwa reul jal mot nul reot seum ni da. 💬 "누르다" ， "按" 的意思，這裏指撥號的意思。這個句式，用於打錯電話時使用。表示 "打錯電話了。" 或者 "撥錯號碼了。" 的意思。

通話中

🎧 137.mp3

10 分鐘前打過電話，但是佔線，沒有取得聯繫。	10 분전에 전화를 걸었는데 통화중이라서 연락하지 못했어요 . 10 bun jeon e jeon hwa reul geol eot neun de tong hwa jung i ra seo yeon rak ha ji mot haet eo yo. 💬 "통화중입니다" , " 正在通話中，佔線" 。這個句式表示佔線的意思。
不好意思，你撥打的電話正在通話中。	죄송합니다 . 통화중입니다 . Jeong song hap ni da. Tong hwa jung im ni da.
朋 和誰打電話啊，一直在通話中？	누구랑 통화했어 ? 계속 통화했는데…… Nu gu rang tong hwa haet eo? Gye sok tong hwa haet neun de......

太晚回覆電話

🎧 138.mp3

不好意思現在才回您電話。	죄송합니다 . 이제 전화를 답장하는데요 . Jeong song ham ni da. I je jeon hwa reul dap jang ha neun de yo.
剛才我出去了，現在才回電話真是不好意思。	아까 나갔어요 . 이제 전화를 답장하는데 죄송합니다 . A kka na gat eo yo. I je jeon hwa reul dap jang ha neun de jeong song ham ni da.
剛才沒有聽見，現在才回電話。	아까 전화가 안 들렸어요 , 이제 답장하는데요 . A kke jeon hwa ga an deul ryeot eo yo , i je dap jang ha neun de yo.
朋 你怎麼現在才給我回電話啊？我一直等着呢。	왜 이제 답장했어 ? 내가 계속 기다렸는데…… Wae i je dap jang hat eo? Nae ga gye sok gi da ryeot neun de......

借用電話

🎧 139.mp3

不好意思，可以用一下電話嗎？	죄송하는데 전화를 빌려 주실래요？ Jeong song ha neun de jeon hwa reul bil ryeo ju sil rae yo?
我手機沒電了，用一下你的吧？	제 핸드폰 배터리가 나갔어요 . 좀 빌려 주실래요？ Je haen deu pon bae teo ri ga na gat eo yo. Jom bil ryeo ju sil rae yo?
您用吧，沒關係。	쓰세요 . 괜찮아요 . Sseu se yo. Gwaen chan a yo.
謝謝你借電話給我用。	전화를 빌려 주셔서 감사합니다 . Jeon hwa reul bil ryeo ju syeo seo gam sa ham ni da.
我沒有國際長途卡，可以借你的用一下嗎？	제가 국제카드가 없어서 그런데 좀 빌려 주실래요？ Je ga guk je ka deu ga eop eo seo geu reon de jom bil ryeo ju sil rae yo?

Column 5　韓服

韓服是韓國的傳統服裝，在婚禮以及傳統節日的時候穿。韓服可掩飾體形上的不足，使體形較矮的人看上去較高，較瘦的人看上去則較豐滿，增添女性之美。如今，大部分國民已習慣穿着洋裝西服，但是在春節（農曆正月初一）、秋夕（中秋節）等節慶日，或舉行婚禮時，仍有許多人喜愛穿傳統的民族服裝。女性的韓服是短上衣搭配優雅的長裙；男性則是馬褂子或者"褙子"搭配長褲，而以細帶縛住寬大的褲腳。韓民族又被成為"白衣民族"，因為韓服基本色為白色。上衣、長裙的顏色五彩繽紛，有的甚至加刺明豔華麗的錦繡。根據不同的季節，不同的身份，韓服的穿法、布料、色彩也有所不同。

韓服能按服裝的顏色和衣料表達出各種感覺。一般來說，上衣用亮色、下衣用暗色的穿法最為古典。

男式穿法：韓國男人的韓服包括上衣、褲子、周衣、道袍、鶴氅衣、深衣、馬褂子以及直領袍。通常是赤古裏巴基打底，外面再穿其他的外套。

女式穿法：女性日常式韓服就是裙子，由上衣配上背心裙；傳統的色彩安排是紅色裙子淡淡和淺綠色或白色、藍色短上衣，藍色裙子則配紅色或白色、黃色短上衣。此外，也有紫色裙子配淺紫色短上衣，深紫色裙子配粉紅色或玉色短上衣的穿法。

語法 5：表示一個人欲望的語法

（a）"- 고 싶다"表示人的願望和欲望，表示"想…"，用在動詞詞幹後面。主語為第一、第二人稱。

例：

　　ㄱ：뭘 먹을래요？
　　Mwol meok eul rae yo?
　　要吃點什麼？

　　ㄴ：설렁탕이 먹고 싶어요
　　Seol reong tang i meok go sip eo yo.
　　我想吃牛雜湯。

　　ㄱ：여행하고 싶어요 . 어디가 좋아요？
　　Yeo haeng ha go sip eo yo. Eo di ga jo a yo?
　　我想去旅遊，去哪裏好呢？

　　ㄴ：제주도에 가세요 .
　　Je ju do e ga se yo.
　　去濟州島好了。

　　ㄱ：주말에 뭘 할 거예요？
　　Ju mal e mwol hal geo ye yo?
　　週末幹嘛呢？

　　ㄴ：영화를 보고 싶어요 .
　　Yeong hwa reul bo go sip eo yo.
　　想去看電影。

　　ㄱ：졸업후에 무엇을 할 거예요？
　　Jol eop hu e mu eot eul hal geo ye yo?
　　畢業以後想幹什麼？

　　ㄴ：취직을 할 거예요 .
　　Chui jik eul hal geo ye yo.
　　想找工作。

(b) "- 고 싶어하다",也是用來表示"想……",但是主語第
三人稱。

例:

영철이 주말에 영화를 보고 싶어합니다 .
Yeong cheol i ju mal e yeong hwa reul bo go sip eo hap ni da.
英哲週末想去看電影。

내 친구는 서울에 가고 싶어해요 .
Nae chin gu neun seo ul e ga go sip eo hae yo.
我的朋友想去首爾。

철수가 돈을 벌고 싶어해요 .
Cheol su ga don eul beol go sip eo hae yo.
哲秀想賺錢。

Chapter 6

交通

訂票

🎧 144.mp3

請幫我預訂去濟州島的航班。	제주도에 가는 항공편을 예약해 주세요 . Je ju do e ga neun hang gong pyeon eul ye yak hae ju se yo.
請給我去仁川的往返機票。	인천에 가는 왕복표를 끊어주세요 . In cheon e ga neun wang bok pyo reul kkeun eo ju se yo. ✿ "표를 끊다" ,固定搭配,"買票" 的意思。這個句式, 表示 "要買去(哪裏)的(什麼類型的)票" 的意思。
請給我一張經濟艙的票。	이코노미 클래스티켓을 한 장 주세요 . I ko no mi keul rae seu ti ket eul han jang ju se yo.
行李可以帶幾個?	짐은 몇개나 가져갈 수 있나요 ? Jim eun myeot gae na ga jyeo gal su it na yo?
請給我通道座位。	통로쪽 좌석을 해 주세요 . Tong ro jjok jwa seok eul hae ju se yo.
請給我安排一個靠窗的座位。	창구쪽 자리로 배치해 드릴게요 . Chang gu jjok ja ri ro bae chi hae deu ril ge yo.

要預訂去哪裏的機票？	어디로 가는 비행기표를 예약하려고 하십니까 ? Eo di ro ga neun bi haeng gi pyo reul ye yak ha ryeo go ha sip ni kka?
要預訂哪一天的機票？	몇 월 며칠에 티켓을 예약하려고 하십니까 ? Myeot wol myeo chil e ti ket eul ye yak ha ryeo go ha sim ni kka?
要去首爾的話單程票是 30 萬，往返票是 50 萬。	서울에 가면 편도표는 30 만원이고 왕복표는 50 만원입니다 . Seo ul e ga myeon pyeon do pyo neun sam sip(30) man won i go wang bok pyo neun o sip(50) man won im ni da.

登機

🎧 146.mp3

韓亞航空的服務台在哪裏？	아시아나 항공 데스크는 어디예요？ A si a na hang gong de seu keu neun eo di ye yo?
登機手續在哪裏辦理？	보딩수속은 어디서 합니까？ Bo ding su sok eun eo di seo ham ni kka?
登記手續在哪裏辦？	탑승수속은 어디서 밟아요？ Tap sung su sok eun eo di seo bal a yo?

🎨 "탑승수속"，"搭乘手續" 的意思；"수속을 밟다"，固定搭配，"辦手續" 的意思。

請給我看看登機牌和護照。	보딩패스와 여권을 보여 주세요. Bo ding pae seu wa yeo gwon eul bo yeo ju se yo.
行李可以帶幾個？	짐은 몇개나 가져갈 수 있나요？ Jim eun myeot gae na ga jyeo gal su it na yo?
很抱歉，您托運的行李超重了 10 公斤。	죄송합니다. 손님이 탁송할 짐은 10 킬로그램이나 초과되었습니다. Joe song ham ni da. Son nim i tak song hal jim eun 10 kil ro geu raem i na cho gwa doe eot seum ni da.
請把要托運的行李放在傳送帶上秤重。	탁송할 짐은 전송대위에 놓고 무게를 달겠습니다. Tak song hal jim eun jeon song dae wi e no ko mu ge reul dal get seum ni da.

行李超過了規定的重量，請另外支付費用。	무게는 규정보다 초과했어요 . 따로 비용을 지불하셔야 합니다 . Mu ge neun gyu jeong bo da cho gwa haet eo yo. Tta reo bi yong eul ji bul ha syeo ya ham ni da.
辦理登記手續的截止時間是飛機起飛前 30 分鐘。	탑승 수속을 밟은 시간은 이륙하기 30 분전까지요 . Tap sung su sok eul bal eun si gan eun i ruk ha gi 30 bun jeon kka ji yo.
有申報物品的旅客請走這邊。	신고할 것이 있으신 분들이 이쪽으로 오세요 . Sin go hal geot i it eu sin bun deul i i jjok eu ro o se yo.
請把行李放到秤上面。	짐들을 저울에 놓아 주세요 . Jim deul eul jeo ul e not a ju se yo.
請打開箱子，需要進行安全檢查。	상자를 열어 주십시오 . 안전검사를 해야 합 니다 . Sang ja reul yeol eo ju sip si o. An jeon geom sa reul hae ya ham ni da.

坐飛機

🎧 148.mp3

乘客們，祝你們旅途愉快。再見。	손님여러분, 즐거운 여행되시길 바랍니다. 안녕히 가 십시오.
	Son nim yeo reo bun, jeul geo un yeo haeng doe si gil ba rap ni da. An nyeong hi ga sip si o.

🖋 "길 바랍니다"是一個固定搭配，表示"希望"的意思。這個句式，多用於臨別時。表示"希望您旅途愉快"的意思。

上 請出示您的登機牌，我來給您找座位。	탑승권을 좀 보여 주세요. 제가 자리를 찾 아 드릴게요.
	Tap seung gwon eul jom bo yeo ju se yo. Je ga ja ri reul cha ja deu ril ge yo.
能給我找一下座位在哪裏嗎？	제 자리가 어디에 있는지 좀 찾아 주실래요? Je ja ri ga eo di e it neun ji jom chat a ju sil rae yo?
座位在 15 排 C 座。請跟我來。	자리는 15 열 C 석입니다. 저를 따라 오세요. Ja ri neun sip o(15) yeol C seok im ni da. Jeo reul tta ra o se yo.
我來為您提行李。	제가 짐 들어 드릴게요. Je ga jim deul eo deu ril ge yo.
能把行李幫我放到行李架上嗎？	짐들을 선반에 올려놓아 주실 수 있어요? Jim deul eul seon bak e ol ryeo not a ju sil su it eo yo?

149.mp3

上 我來為您把行李放到行李架上。　제가 짐을 선반에 올려 드릴게요.
　　　　　　　　　　　　　　　　Je ga jim eul seon ban e ol ryeo deu ril ge yo.

上 請繫好安全帶。　　　　　　　안전벨트를 잘 착용하세요.
　　　　　　　　　　　　　　　　An jeon bel teu reul jal chak yong ha se yo.

　將稍遲多長時間？　　　　　　　얼마나 연착됩니까?
　　　　　　　　　　　　　　　　Eol ma na yeon chak doem ni kka?

海關

🎧 150.mp3

要去韓國哪個地方？	한국 어디에 가실 거예요？ Han guk eo di e ga sil geo ye yo?
去韓國的目的是什麼？	한국에 가실 목적이 뭐예요？ Han guk e ga sil mok jeok i mwo ye yo?
請出示護照，我馬上為您辦理通關手續。	여권를 좀 제시해 주세요 . 통관수속을 바로 해 드리겠습니다 . Yeo gwon reul jom je si hae ju se yo. Tong gwan su sok eul ba ro hae deu ri get seum ni da.
要訪問的公司名字是什麼？	방문하실 회사의 이름이 뭐예요？ Bang mun ha sil hoe sa ui i reum i mwo ye yo?
打算在韓國逗留多長時間？	한국에 얼마 동안 계실 예정이에요？ Han guk e eol ma dong an gye sil ye jeong i e yo?
您將在首爾停留多久？	서울에 얼마나 머무를 계획입니까？ Seo ul e eol ma na meo mu reul gye hoek im ni kka?
這個箱子裏裝着什麼？	이 트렁크에 뭐가 들어 있어요？ I teu reong keu e mwo ga deul eo it eo yo?
我要檢查一下這個行李包。	이 가방을 검사해 봐야 합니다 . I ga bang eul geom sa hae bwa ya ham ni da.

這個化妝品是免稅商品，可以不交稅。	이 화장품은 면세품입니다 . 세금을 안 내셔도 됩니다 .
	I hwa jang pum eun myeon se pum im ni da. Se geum eul an nae syeo do doep ni da.
這個電腦要交稅。	이 컴퓨터는 세금을 내셔야 합니다 .
	I keom pyu teo neun se geum eul nae syeo ya ham ni da.
祝您訪問愉快。	방문을 잘 하시길 바랍니다 .
	Bang mun eul jal ha si gil ba ram ni da.

火車站

🎧 152.mp3

售票處在哪裏？

매표소가 어디예요？

Mae pyo so ga eo di ye yo?

🎬 "매표소"，"買票所、售票處"的意思。

去首爾的車費是多少？

서울에 가는 차비가 얼마예요？

Seo ul e ga neun cha bi ga eol ma ye yo?

到大邱的車票多少錢？

대구까지 가는 표가 얼마예요？

Dae gu kka ji ga neun pyo ga eol ma ye yo?

🎬 "…까지 가는 표가 얼마예요？"，"到……的車票多少錢？"

上 要預訂去哪裏的火車票？

어디로 가는 기차표를 예약하려고 하세요？

Eo di ro ga neun gi cha pyo reul ye yak ha ryeo go ha se yo?

您要坐普通列車，還是特快列車？

보통열차를 타시려고요？아니면 특급열차를 타시려고요？

Bo tong ryeol cha reul ta si ryeo go yo? A ni myeon teuk geup yeol cha reul ta si ryeo go yo?

坐票全都賣光了，站票可以嗎？

좌석표는 다 매진되었어요．입석표는 괜찮아요？

Jwa seok pyo neun da mae jin doe eot eo yo. Ip seok pyo neun gwaen chan a yo?

公共汽車每10分鐘一班。

버스가 10 분마다 한번씩 와요．

Beo seu ga 10 bun ma da han beon ssik wa yo.

🎬 "…가/이 …에 한번씩 오다"，"……每……來一趟"。

🎧 153.mp3

沒有從哈爾濱直達青島的火車麼？	하얼빈에서 청도에 직접 가는 기차가 없어요？ Ha eol bin e seo cheong do e jik jeop ga neun gi cha ga eop eo yo?

🐾 "직접"，副詞，"直接"的意思。這個句式表示"從某地直達某地"的意思。

去大田的火車幾點發車？	대전에 가는 열차는 몇시에 발차합니까？ Dae jeon e ga neun yeol cha neun myeot si e bal cha ham ni kka?
開往大田的火車在幾站臺發車？	대전에 가는 열차가 어느 플랫폼에서 출발하겠습니까？ Dae jeon e ga neun yeol cha ga eo neu peul raet pum e seo chul bal ha get seum ni kka?

🐾 "플랫폼"，"站臺"的意思。

打車

🎧 154.mp3

您好？要去哪兒？	어서 오세요 . 어디로 가십니까 ?
	Eo seo o se yo. Eo di ro ga sim ni kka?
去首爾賓館的話要 30 分鐘左右。	서울호텔에 가려면 30 분이나 걸려요 .
	Seo ul ho tel e ga ryeo myeon sam sip(30) bun i na geol ryeo yo.
我要遲到了，請開快點。	제가 지각할 것 같아요 . 빨리 좀 가 주세요 .
	Je ga ji gak hal geot gat a yo. Bbal ri jom ga ju se yo.
要出發了，請系好安全帶。	출발하겠습니다 . 안전벨트를 잘 매세요 .
	Chul bal ha get seum ni da. An jeon bel teu reul jal mae seo yo.
給您停在哪裏？	어디로 세워 드릴까요 ?
	Eo di ro se wo deu ril kka yo?
停在前面就可以了。	저 앞에 세워 주시면 돼요 .
	Jeo ap e se wo ju si myeon dwae yo.
到了。這就是首爾飯店。	다 왔습니다 . 여기가 바로 서울호텔입니다 .
	Da wat seum ni da. Yeo gi ga ba ro seoul ho tel im ni da.
車費多少錢？	차비는 얼마예요 ?
	Cha bi neun eol ma ye yo?
車費一共是一萬五千元。	택시비는 모두 만 오천원입니다 .
	Taek si bi neun mo du man o cheon won ip ni da.

155.mp3

這是 2 萬元。	여기 있어요 . 2 만원이요 .
	Yeo gi it eo yo. I(2) man won i yo.
找給您 5 千塊。 再見。	여기 거스름돈 5000 원 받으세요 . 안녕히 가세요 .
	Yeo gi geo seu reum don o cheon(5000) won bat eu se yo. An nyeong hi ga se yo.

訂房

🎧 156.mp3

歡迎光臨。	어서 오세요 .
	Eo seo o se yo.
上 您預訂房間了嗎？	방을 예약하셨어요 ?
	Bang eul ye yak ha syeot eo yo?
我能給您做什麼？	무엇을 도와 드릴까요 ?
	Mu eot eul do wa deu ril gga yo?
有很多空房間。	지금 빈 방이 많아요 .
	Ji geum bin bang i man a yo.
上 單人間怎麼樣？	싱글룸이 괜찮으세요 ?
	Sing geul rum i gwaen chan eu se yo?
您預訂的是雙人間，對吧？	더블방을 예약한 거 맞죠 ?
	Deo beul bang eul ye yak han geo mat jyo?
您想預訂什麼樣的房間？	어떤 방을 예약하시려고 하는데요 ?
	Eo ddeon bang eul ye yak ha si ryeo go ha neun de yo?
一共幾位入住？	몇 분이 같이 오실 거예요 ?
	Myeot bun i gat i o sil geo ye yo?
什麼時候入住？	언제 체크인하실 거예요 ?
	Eon je che keu in ha sil geo ye yo?

157.mp3

我們賓館可以免費吃早餐。	저의 호텔에 아침식사도 포함합니다 . Jeo ui ho tel e a chim sik sa do po ham hap ni da.
需要叫醒電話嗎？	모닝콜이 필요해요 ? Mo ning kol i pil yo hae yo?
退房的時間是中午12 點。	체크아웃 시간은 점심 12 시예요 . Che keu a ut si gan eun jeom sim 12si ye yo.
喜歡火炕式房間嗎？	온돌방을 원하세요 ? On dol bang eul won ha se yo?

領房

🎧 158.mp3

上	您預訂了房間，對吧？請稍等，我給您找一下。	방을 예약하셨죠? 잠시만요. 방을 찾아 드릴게요. Bang eul ye yak ha syeot jyo? Jam si man yo. Bang eul cha ja deu ril ge yo.
	是昨天預訂的對吧？您在 606 號房間。	어제 예약하셨죠? 방은 606 호입니다. Eo je ye yak ha syeot jyo? Bang eun 606 ho ip ni da.
	這是房間鑰匙。	키는 여기 있습니다. Ki neun yeo gi it seup ni da.
上	我來幫您提行李。	제가 짐을 들어 드릴게요. Je ga jim eul deul eo deu ril ge yo.
	這就是您預訂的房間，怎麼樣？	여기 손님이 예약하신 방이에요. 어떠세요? Yeo gi son nim i ye yak ha sin bang i e yo. Eo ddeo se yo?
	這個房間很安靜，景色也很好。	이 방은 아주 조용하고 전망이 좋아요. I bang eun a ju jo yong ha go jeon mang i jot a yo.
	如果這個房間不滿意，也可以為您換一間。	방은 마음에 안 들면 바꿔 드릴 수도 있습니다. Bang eun ma eum e an deul myeon ba ggwo deu ril su do it seup ni da.

求助

🎧 159.mp3

這裏是 801 號房間，能給我清掃一下房間嗎？	여기 801 호인데요, 방 청소 좀 해 주실 수 있나요? Yeo gi 801 ho in de yo，bang cheong so jom hae ju sil su it na yo?
我想打國際長途，應該怎麼打呢？	국제 전화를 하려고 하는데 어떻게 해야돼요? Guk je jeon hwa reul ha ryeo go ha neun de eo ddeot ge hae ya dwae yo?
在賓館可以換錢嗎？	호텔에서 환전을 할 수 있나요? Ho tel e seo hwan jeon eul hal su it na yo?
這附近有銀行嗎？	여기 근처에 은행이 있어요? Yeo gi geun cheo e eun haeng i it eo yo?
明天我要早起，能叫醒我嗎？	내일 일찍 일어나야 되는데 모닝콜 해 주실 수 있어요? Nae il il jjik il eo na ya doe neun de mo ning kol hae ju sil su it eo yo?
我把房間鑰匙丟了，怎麼辦啊？	방 키를 잃어버렸어요. 어떡해요? Bang ki reul il eo beo ryeot eo yo. Eo ddeok hae yo?

160.mp3

燈太暗了，能給我換一下嗎？	전등이 너무 어두워요 . 좀 바꿔 주실 수 있나요？ Jeon deung i neo mu eo du wo yo. Jom ba ggwo ju sil su it na yo?
我有點不舒服，能幫我買點藥嗎？	제가 좀 아픈데 약 좀 사 주실 수 있어요？ Je ga jom a peun de yak jom sa ju sil su it eo yo?
能幫清洗這套西服嗎？	이 양복 세탁 부탁해도 돼요？ I yang bok se tak bu tak hae do dwae yo?

退房

🎧 161.mp3

上	您要什麼時候退房？	언제 체크아웃 하실 거예요？
		Eon je che keu a ut ha sil geo ye yo?
上	現在要退房嗎？	지금 체크아웃 하실려고요？
		Ji geum che keu a ut ha sil ryeo go yo?
上	我馬上給您退房。	바로 체크아웃 해 드릴게요.
		Ba ro che keu a ut hae deu ril ge yo.
上	請告訴我房間號。	방 번호를 알려 주세요.
		Bang beon ho reul al ryeo ju se yo.
上	801 房間要退房。	801 호인데 체크아웃 좀 해 주세요.
		801 ho in de che keu a ut jom hae ju se yo.
上	請給我看一下賬單。	계산서 좀 보여 주세요.
		Gye san seo jom bo ye ju se yo.
上	這是賬單。請您確認一下。	여기는 계산서입니다. 한번 확인하세요.
		Yeo gi neun gye san seo ip ni da. Han beon hwak in ha se yo.
	這裏好像錯了。我沒有打國際長途電話。	여기에 틀린 것 같아요. 제가 국제전화를 안 했는데요.
		Ye gi e teul rin geot gat a yo. Je ga guk je jeon hwa reul an haet neun de yo.

🎧 162.mp3

您要如何付款？是用現金還是用信用卡？	어떻게 결산하실 거예요 ? 현금이에요 ? 아니면 신용카드예요 ? Eo ddeot ge gyeol san ha sil geo ye yo? Hyeon geum i e yo? A ni myeon sin yong ka deu ye yo?
請在這簽名。	여기에 사인하세요 . Yeo gi e sa in ha se yo.
退房都辦好了。	체크아웃 다 되었습니다 . Che keu a ut da doe eot seup ni da.
希望下次還能光臨我們賓館。	다음에 저희 호텔에 또 오시길 바랍니다 . Da eum e jeo hui ho tel e ddo o si gil ba rap ni da.

Column 6　面具舞

韓國的面具由紙、木、葫蘆、毛皮製成。大多數面具可以反映韓國人面部骨骼狀貌和面部表情，但有一些則代表真實的或想像中的動物和鬼神。由於面具舞過去是在夜間篝火中演出，因此面具十分誇張，顯得怪誕。

面具舞是一種民間藝術，它起源於朝鮮時代，是在與上層統治階級格格不入的平民百姓之中自然發展起來的。

由面具舞蹈演員扮演各種人物，動物或神靈。它反映出韓國人民的樂觀精神和對生活的熱愛。在整個表演中充滿了幽默和諷刺。通過在觀眾中的表演，可以減輕人們壓力、矛盾以及日常生活中的煩惱。

面具舞蹈劇由好幾幕組成，劇中有許多戲劇元素，現場舞蹈表演是面具舞蹈劇表演中的重要部分。在所有表演中舞蹈比對白重要得多，並且演員們都靜悄悄的不說一句話，由音樂家和歌唱家為他們伴奏。在管弦樂器和打擊樂器的動人音樂伴奏下，演員們在舞臺上翩翩起舞。舞蹈表演使整齣戲劇更加生動，但有時也會根據情節單獨表演。面具舞的主題根植於平民百姓對現實生活的反抗精神，對人性弱點、社會醜惡現象及特權階級進行了諷刺和嘲弄。

韓國的平民利用面具的匿名性和象徵性，針對社會的不公正以及道德腐敗現象，發表自己的觀點。他們會經常諷刺社會道德膚淺，恥笑社會階級的僵化。

語法 6："- 지 않다"表示否定用法，用在形容詞和動詞的詞幹後面。表示"不……"

例：

ㄱ：바나나를 좋아해요？
Ba na na reul jo a hae yo?
你喜歡吃香蕉嗎？

ㄴ：아니오, 좋아하지 않아요.
A ni o, jo a ha ji a an a yo.
不，我不喜歡。

ㄱ：지난주에 친구를 만났어요？
Ji nan ju e chin gu reul man sat eo yo.
上個周見朋友了嗎？

ㄴ：아니오, 만나지 않았어요.
A ni o, man na ji an at eo yo.
不，不見面。

ㄱ：그 여자가 예뻐요？
Geu yeo ja ga ye ppeo yo?
那個女生漂亮嗎？

ㄴ：아니오, 예쁘지 않았어요.
A ni o, ye ppeu ji an at eo yo.
不，不漂亮。

ㄱ：밥을 먹었어요？
Bab eul meok eot eo yo?
吃飯了嗎？

ㄴ：아니오, 먹지 않았어요.
A ni o, meok ji an st eo yo.
沒有，沒吃。

Chapter 7

消費

預約餐廳

🎧 166.mp3

我想預訂餐位。	자리를 예약하려고 하는데요 . Ja ri reul ye yak ha ryeo go ha neun de yo.
還有空餐位嗎？	혹시 빈 자리가 있어요 ? Hok si bin ja ri ga it eo yo?
我想訂一個 6 人餐位。	6 명이 식사할 수 있는 자리를 예약하고 싶 어요 . 6myeong i sik sa hal su it neun ja ri reul ye yak ha go sip eo yo.
我想預訂午飯 / 晚飯餐位。	점심 / 저녁 식사 자리를 예약하려고요 . Jeom sim/jeo nyeok sik sa ja ri reul ye yak ha ryeo go yo.
請以金英熙的名字預訂。	김영희의 이름으로 예약해 주세요 . Gim yeong hui ui i reum eu ro ye yak hae ju se yo.
我們不喜歡吵鬧，請給我們準備個安靜的餐位。	저희는 시끄러운 데가 싫어서 좀 조용한 자 리를 마련해 주세요 . Jeo hui neun si ggeu reo un de ga sil eo seo jom jo yong han ja ri reul ma ryeon hae ju se yo.
我要招待很重要的客人，請給我準備一個環境好的餐位。	아주 중요한 손님을 초대할 거니까 , 전망이 좋은 자리를 하나 마련해 주세요 . A ju jung yo han son nim eul cho dae hal geo ni gga, jeon mang i jot eun ja ri reul ha na ma ryeon hae ju se yo.

點菜

🎧 167.mp3

能給我拿一下功能表嗎？　메뉴판 좀 주실래요？
　　　　　　　　　　　Me nyu pan jom ju sil rae yo?

請給我功能表。　　　　메뉴판 좀 갖다 주세요.
　　　　　　　　　　　Me nyu pan jom gat da ju se yo.

一會兒點菜。　　　　　이따가 주문할게요.
　　　　　　　　　　　I dda ga ju mun hal ge yo.

現在可以點菜嗎？　　　지금 주문해도 돼요？
　　　　　　　　　　　Ji geum ju mun hae do dwae yo?

我們是第一次來，請推薦　저희는 처음 오기 때문에 좀 추천해 주세
一下。　　　　　　　　요.
　　　　　　　　　　　Jeo hui neun cheo eum o gi ddae mun e
　　　　　　　　　　　jom chu cheon hae ju se yo.

這有什麼好吃的？　　　여기는 맛있는 건 뭐가 있어요？
　　　　　　　　　　　Yeo gi neun mat it neun geon mwo ga it eo
　　　　　　　　　　　yo?

要四人份的麵條。　　　국수는 4 인분 주세요.
　　　　　　　　　　　Guk su neun 4 in bun ju se yo.

要兩人份的五花肉。　　삼겹살 2 인분 주세요.
　　　　　　　　　　　Sam gyeop sal 2 in bun ju se yo.

阿姨，我要餓死了，多給　아주머니, 배가 고파서 죽겠어요. 많이 주
點啊。　　　　　　　　세요.
　　　　　　　　　　　A ju meo ni , bae ga go pa seo juk get eo
　　　　　　　　　　　yo. Man i ju se yo.

🎧 168.mp3

我不怎麼喜歡吃辣的。	저는 매운 걸 별로 좋아하지 않아요 . Jeo neun mae un geol byeol ro jot a ha ji an a yo.
甜的菜有哪些？	단 음식은 뭐가 있어요 ? Dan eum sik eun mwo ga it eo yo?
請不要放洋蔥，我對洋蔥過敏。	저는 양파에 알레르기가 있어요 . 넣지 마세요 . Jeo neun yang pa e al re reu gi ga it seo yo. Neot ji ma se yo.

結賬

🎧 169.mp3

我來結賬。	제가 계산할게요 .
	Je ga gye san hal ge yo.
我們各自交各自的。	우리 따로따로 계산합시다 .
	U ri dda ro dda ro gye san hap si da.
我們平攤結賬。	나눠서 계산해요 .
	Na nwo seo gye san hae yo.
請給我們結賬。	여기 좀 계산해 주세요 .
	Yeo gi jom gye san hae ju se yo.
🔼 我們吃好了，能給我們結一下賬嗎？	잘 먹었습니다 . 계산 좀 해 주실래요 ?
	Jal meok eot seup ni da. Gye san jom hae ju sil rae yo?
可以用銀行卡結賬嗎？	카드로 계산해도 돼요 ?
	Ka deu ro gye san hae do dwae yo?
小姐真親切，下次還會來的。	아가씨 정말 친절해요 . 다음에 또 올게요 .
	A ga ssi jeong mal chin jeol hae yo. Da eum e ddo ol ge yo.

打包

🎧 170.mp3

上	剩下的打包嗎？	나머지는 포장해 드릴까요？ Na meo ji neun po jang hae deu ril kka yo? 🎦 "포장하다"意為"打包"。
	這可以打包。	여기 포장됩니다. Yeo gi po jang doem ni da.
上	請稍等，馬上給你打包。	잠시만요. 금방 포장드릴게요. Jam si man yo. Geum bang po jang deu ril ge yo.
	這可以打包嗎？	여기 포장해도 돼요？ Yeo gi po jang hae do dwae yo?
上	剩下的請給我打包。	남은 것들을 좀 포장해 주세요. Nam eun geot deul eul jom po jang hae ju se yo.
	我想把剩下的打包帶走。	나머지는 포장해서 가져 가려고 하는데요. Na meo ji neun po jang hae seo ga jyeo ga ryeo go ha neun de yo.
	可以給我打包嗎？	좀 포장해 주실래요？ Jom po jang hae ju sil rae yo?
上	請給我打包這個和兩碗米飯。	이것하고 공기 밥 2그릇 좀 포장해 주세요. I geot ha go gong gi bap 2 geu reut jom po jang hae ju se yo.
上	我給您打上漂亮的包裝。	제가 예쁘게 포장해 드릴게요. Je ga ye ppeu ge po jang hae deu ril ge yo.

購物

上 您好，能告訴我
速食麵在哪裏能
找到麼？

저기요，라면을 어디서 찾을수 있는지 좀 알려주시
겠습니까？

Jeo gi yo，ra myeon eul eo di seo chat eul su it
neun ji jom al ryeo ju si get seum ni kka?

> 🔧 這個句式，常用於向工作人員詢問某種物品在哪裏可以
> 買到時使用。表示"請問（某物）在哪裏可以找到？"
> 或者"能告訴我在哪裏可以找到（某物）麼？"的意思。

牛奶在哪邊？

우유는 어느 쪽에 있나요？

U yu neun eo neu jjok e it na yo?

> 🔧 這個句式表示：請問（某物）在哪邊？

沒有這個尺寸再
大一點的麼？

이 사이즈보다 더 큰 건 없나요？

I sa i jeu bo da deo keun geon eop na yo?

> 🔧 這個句式以反問的形式出現，表示"有沒有再（怎麼樣）
> 的"的意思。

沒有什麼想買
的，就是看看。

사고 싶은건 없으니까 그냥 구경하고 있는 중이에
요．

Sa go sip eun geon eop seu ni kka geu nyang gu
gyeong ha go it neun jung i e yo.

> 🔧 這個句式，是一個固定搭配。表示"就是看看"或者"就
> 是逛逛"的意思。

您好，能給我看
一下那件黃色的
衣服麼？

저기요，이 노란색 옷을 좀 보여 주실래요？

Jeo gi yo，i no ran saek ot eul jom bo yeo ju sil rae
yo?

> 🔧 這個句式常在購物時向售貨員提出要看一看物品時使
> 用。表示"能給我看一下（某物）麼？"或者"請給我
> 看一下（某物）"的意思。

🎧 172.mp3

這件衣服可以試穿一下麼？	이 옷을 입어봐도 돼요 ? I ot eul ip eo bwa do doe yo?
這件衣服有點大，似乎不太適合我。	이 옷이 좀 크니까 제게 안 어울릴 것 같아요 . I ot i jom keu ni kka je ge an eo ul ril geot gat a yo. ⚙ "제게 , 저에게"的縮寫，表示對於我、對我來説的意思。這個句式，在購物時，常用於看過或試過後，適合自己或者不適合自己時使用。表示 "這個挺適合我" 或者 "這個不太適合我" 的意思。

上 請給我比這件小一點尺碼的。	그럼 이보다 작은 사이즈 주세요 . Geu reon i bo da jak eun sa i jeu ju se yo.
上 太貴了，便宜點吧。	너무 비싸요 . 좀 싸게 해주세요 . Neo mu bi ssa yo. Jom ssa ge hae ju se yo. ⚙ 這兩個句式，都是經常使用的講價時的用語。表示 "便宜點吧" 或者 "價格再低點吧" 的意思。

可以送貨麼？	배달이 가능해요 ? Bae dal i ga neung hae yo?
買了這麼多，能給打點折扣麼？	많이 사니까 세일 좀 해줄 수 있어요 ? Man i sa ni kka se il jom hae jul su it eo yo? ⚙ "세일 , 打折 , 折扣" 的意思。這個句式，常用於跟賣家講價時使用。表示 "能打點折扣麼？" 或者 "給打點折扣吧" 的意思。
這個請分開包裝。	이걸 따로 포장해 주세요 . I geol tta ro po jang hae ju se yo.

173.mp3

這個蛋糕是用巧克力做的。	이 케익은 초코릿으로 만든 거예요.
	I ke ik eun cho ko rit eu ro man deun geo ye yo.
走吧,我對收音機沒興趣。	가봐. 난 라디오에 관심이 없어.
	Ga bwa. Nan ra di o e gwn sim i eop eo.

💬 這個句式,用於表達自己對某件事物的關心程度。即表示"我對(某件事物)感興趣"或者"我對(某件事物)沒有興趣"的意思。

| 上 能給我介紹一下……麼? | 좀 소개해 주실래요? |
| | Jom so gae hae ju sil rae yo? |

詢問貨物

🎧 174.mp3

上 您要買什麼？
뭘 찾으세요？
Mwol chat eu se yo?

我可以幫您嗎？
무엇을 도와 드릴까요？
Mu eot eul do wa deu ril kka yo?

您要買什麼樣的衣服？
어떤 옷을 찾으세요？
Eo ddeon ot eul chat eu se yo?

我想買雙運動鞋。
운동화를 사고 싶은데요.
Un dong hwa reul sa go sip eun de yo.

我想買涼鞋。
샌들을 사고 싶어요.
Saen deul eul sa go sip eo yo.

可以試一下嗎？
한번 신어 봐도 될까요？
Han beon sin eo bwa do doel kka yo?
💬 "穿鞋子" 的 "穿"，是 "신다"。

這雙鞋有 36 號的嗎？
이 신발 36 호 사이즈가 있나요？
I sin bal 36 ho sa i jeu ga it na yo?

我想買套西服。
저는 양복 한 벌 사려고 하는데요.
Jeo neun yang bok han beol sa ryeo go ha neun de yo.

這件衣服有什麼顏色？
이 옷은 어떤 색깔이 있어요？
I ot eun eo tteon saek kkal i it eo yo?

藍色怎麼樣？
파란색이 어때요？
Pa ran saek i eo ttae yo?

上 請隨便挑選。
마음대로 골라 보세요.
Ma eum dae ro gol ra bo se yo.

175.mp3

喜歡什麼顏色？ 어떤 색깔을 원하세요 ?
Eo tteon saek kkal eul won ha se yo?

需要的話我可以幫你選。 필요하시면 제가 골라 드릴게요 .
Pil yo ha si myeon je ga gol ra deu ril ge yo.

喜歡這個襯衫嗎？ 이 티셔츠 마음에 드세요 ?
I ti syeo cheu ma eum e deu se yo?

請給我介紹一下今年夏 이번 여름 최고 인기상품을 좀 소개해 주세요 .
季的流行衣服。 I beon yeo reum choe go in gi sang pum
eul jom so gae hae ju se yo.

那個 T 恤衫是最新出的， 그 티셔츠는 최신 나온 인기상품이에요 .
非常流行。 Geu ti syeo cheu neun choe sin na on in gi
sang pum i e yo.

請試穿一下。 한 번 입어 보세요 .
Han beon ip eo bo se yo.

這個裙子很適合你。 이 치마는 손님에게 정말 잘 어울려요 .
I chi ma neun son nim e ge jeong mal jal eo
ul ryeo yo.

有沒有再小點號的 / 大點 좀 더 작은 / 큰 사이즈가 없나요 ?
號的？ Jom deo jak eun/keun sa i jeu ga eop na
yo?

我可以試穿嗎？ 제가 한번 입어 봐도 될까요 ?
Je ga han beon ip eo bwa do doel gga yo?

🎧 176.mp3

| 這套衣服你穿上真漂亮啊！ | 이 옷을 입으시니 정말 예쁘시네요 !
I ot eul ip eu si ni jeong mal ye bbeu si ne yo! |
| 這條褲子你穿上顯得真苗條啊！ | 이 바지를 입으시니 참 날씬해 보이세요 !
I ba ji reul ip eu si ni cham nal ssin hae bo i se yo! |

詢價結賬

177.mp3

這件衣服多少錢？	이 옷이 얼마예요？	
	I ot i eol ma ye yo?	
一共 10 萬元。	모두 10 만원입니다．	
	Mo du 10 man won ip ni da.	
上 太貴了，便宜點。	너무 비싸요．좀 깎아 주세요．	
	Neo mu bi ssa yo. Jom kkak a ju se yo.	
可以打折嗎？	할인해 주실 수 있나요？	
	Hal in hae ju sil su it na yo?	
上 你有會員卡嗎？	회원 카드가 있으세요？	
	Hoe won ka deu ga it eu se yo?	
上 我有會員卡可以打折嗎？	저는 회원 카드가 있는데 할인해 주실 수 있나요？	
	Jeo neun hoe won ka deu ga it neun de hal in hae ju sil su it na yo?	
上 給你打九折。	10% 할인해 드릴게요．	
	10% hal in hae deu ril ge yo.	
上 你是用現金付錢，還是用信用卡付錢？	현금으로 계산하시겠어요？아니면 카드로 계산하시겠어요？	
	Hyeon geum eu ro gye san ha si get eo yo? A ni myeon ka deu ro gye san ha si get eo yo?	
我用現金結賬。	제가 현금으로 계산할게요．	
	Je ga hyeon geum eu ro gye san hal ge yo.	
我用信用卡結賬。	제가 카드로 계산할게요．	
	Je ga ka deu ro gye san hal ge yo.	
上 您需要發票嗎？	영수증이 필요하세요？	
	Yeong su jeung i pil yo ha se yo?	

🎧 178.mp3

上 請給我開發票。	영수증도 같이 해 주세요 . Yeong su jeung do ga chi hae ju se yo.
如果要換其他的顏色或尺寸，可以給我換吧！	만약에 색깔이나 사이즈를 바꾸고 싶으면 해 줄 수 있죠 ! Man yak e saek kkal i na sa i jeu reul ba kku go sip eu myeon hae jul su it jyo!
可以在一周之內換其他顏色或尺寸。	일주일내에 다른 색깔이나 사이즈를 바꾸기 가 가능합니다 . Il ju il nae e da reun saek ggal i na sa i jeu reul ba kku gi ga ga neung hap ni da.

包裝送貨

🎧 179.mp3

上 我給您打包。

제가 포장해 드릴게요.

Je ga po jang hae deu ril ge yo.

上 是要送人嗎？

선물하실 거예요？

Seon mul ha sil geo ye yo?

上 請給我包裝漂亮點，我要送人。

제가 선물을 할테니까 예쁘게 포장해 주세요.

Je ga seon mul eul hal te ni kka ye bbeu ge po jang hae ju se yo.

直接給我就行了，不用包裝。

그냥 주세요. 포장하지 않아도 됩니다.

Geu nyang ju se yo. Po jang ha ji an a do doep ni da.

上 簡單的包裝一下就可以。

간단하게 포장해 주시면 됩니다.

Gan dan ha ge po jang hae ju si myeon doep ni da.

上 需要送貨上門嗎？

댁까지 배달해 드릴까요？

Daek kka ji bae dal hae deu ril kka yo?

上 如果需要送貨到家，需要另外交錢。

배달이 필요하면 돈을 따로 내셔야 돼요.

Bae dal i pil yo ha myeon don eul dda ro nae syeo ya dwae yo.

我不需要送貨上門。

배달까지는 필요없어요.

Bae dal kka ji neun pil yo eop eo yo.

🎧 180.mp3

上 告訴我地址，將會送貨上門。	주소를 알려 주신다면 상품들을 댁까지 보 내 드리 겠습니다 . Ju so reul al ryeo ju sin da myeon sang pum deul eul daek kka ji bo nae deu ri get seup ni da.
我的地址是仁川市道和 5 路中興公寓 901 號。	저의 주소는 인천시 도화오거리 중흥아파트 901 번입니다 . Jeo ui ju so neun in cheon si do hwa o geo ri jung heung a pa teu 901 beon ip ni da.
辛苦你了。	수고하셨습니다 . Su go ha syeot seup ni da.

開戶

🎧 181.mp3

上 您好，我能為您做什麼？
어서 오세요 . 뭘 도와 드릴까요？
Eo seo o seo yo. Mwol do wa deu ril kka yo?

上 是想辦理儲蓄帳戶嗎？
통장을 만들려고 하세요？
Tong jang eul man deul ryeo go ha se yo?

我想辦一張存摺。
통장 하나 만들려고 하는데요 .
Tong jang ha na man deul ryeo go ha neun de yo.
🎦 這是一個固定搭配，表示辦存摺的意思。

上 是想要開帳戶嗎？
계좌를 개설하려고 하세요？
Gye jwa reul gae seol ha ryeo go ha se yo?
🎦 這是一個固定搭配，表示開設新帳戶的意思。

上 您要辦理什麼樣的存款儲蓄？
어떤 통장을 만들려고 하시나요？
Eo tteon tong jang eul man deul ryeo go ha si na yo?

上 有什麼樣的儲蓄帳戶？請給我推薦一下。
어떤 통장이 있어요？좀 추천해 주세요 .
Eo tteon tong jang i it eo yo? Jom chu cheon hae ju se yo.

上 請寫上護照號碼。
여권번호를 잘 적어 주세요 .
Yeo gwon beon ho reul jal jeok eo ju se yo.

上 請在這裏蓋章。
여기에다 도장을 찍어주세요 .
Yeo gi e da do jang eul jjik eo ju se yo.

182.mp3

上 請出示外國人登陸證。	외국인등록증을 좀 보여 주세요 . Oe guk in deung rok jeung eul jom bo yeo ju se yo.
上 請出示護照。	여권을 좀 보여 주세요 . Yeo gwon eul jom bo yeo ju se yo.
這是我的護照。	저의 여권입니다 . Jeo ui yeo gwon ip ni da.
好了，辦好了。	잠시만요 . 통장이 금방 나올거예요 . Jam si man yo. Tong jang i geum bang na ol geo ye yo.

💬 "나오다" 本意是 "出來"，在這裏指完成了，辦好了的意思。這是一個固定搭配，表示存摺辦好了的意思。

帳戶開通了就直接可以用。	통장이 개설되는 대로 바로 사용할 수 있어요 . Tong jang i gae seol doe neun dae ro ba ro sa yong hal su it eo yo.
手續費是多少錢？	수수료는 얼마예요 ? Su su ryo neun eol ma ye yo?
上 銀行卡也會一起給您。	카드도 같이 드리겠어요 . Ka deu do gat i deu ri get eo yo.

存取款

我來存錢。	저는 예금하러 왔는데요 .
	Jeo neun ye geum ha reo wat neun de yo.
我想取錢。	저는 인출하고 싶어요 .
	Jeo neun in chul ha go sip eo yo.
我來取錢。	저는 돈을 찾으러 왔어요 .
	Eo neun don eul cha jeu reo wat eo yo.
您要存多少錢？	얼마나 예금하시려고요 ?
	Eol ma na ye geum ha si ryeo go yo?
我要存 100 萬元。	100 만원을 예금해 주세요 .
	Baek(100) man won eul ye geum hae ju se yo.
請給我取 50 萬元。	50 만원을 인출해 주세요 .
	O sip(50) man won eul in chul hae ju se yo.
給您支票還是現金？	수표로 드릴까요 ? 현금으로 드릴까요 ?
	Su pyo ro deu ril kka yo? Hyeon geum eu ro deu ril kka yo?
請給我四張 10 萬元的支票，剩下的給我現金。	10 만원짜리 수표를 네 개 주시고 나머지는 현금으로 주세요 .
	Sip(10) man won jja ri su pyo reul ne gae ju si go na meo ji neun hyeon geum eu ro ju se yo.

🎧 184.mp3

我輸入密碼。	비밀번호를 입력할게요 . Bi mil beon ho reul ip ryeok hal ge yo.
現金確認好了。 辛苦了。	현금을 잘 확인했어요 . 수고하셨어요 . Hyeon gem eul jal hwak in haet eo yo. Su go ha syeot eo yo.
我想存款 / 取款， 在自動提款機上 就可以嗎？	저는 예금 / 인출하고 싶은데 ATM 기에서 바로 할 수 있나요 ? Jeo neun ye geum/in chul ha go sip eun de ATM gi e seo ba ro hal su it na yo?

換錢

我想換錢這裏能辦理嗎？	제가 환전을 하고 싶은데 여기서 할 수 있나요？
	Je ga hwan jeon eul ha go sip eun de yeo gi seo hal su it na yo?
您要如何換錢？	어떻게 환전해 드릴까요？
	Eo ddeot ge hwan jeon hae deu ril kka yo?

💬 돈을 바꾸다. 換錢，這是一個固定搭配，表示"換錢"的意思。

您要換多少錢？	얼마나 환전해 드릴까요？
	Eol ma na hwan jeon hae deu eil kka yo?
現在的匯率是多少？	현재 환율이 얼마예요？
	Hyeon jae hwan ryul i eol ma ye yo?

💬 "환율"，"換率，匯率"的意思。這是表達匯率時的常用句式，表示"現在的匯率是多少"的意思。

人民幣換成韓幣的話，匯率是 1:180。	인민폐를 한국돈으로 바꾸려면 환율이 1:180 입니다.
	In min pye reul han guk don eu ro ba kku ryeo myeon hwan yul i il dae baek pal sip ip ni da.
我想把美元換成韓幣。	미화를 한국돈으로 바꾸려고 해요.
	Mi hwa reul han guk don eu ro ba kku ryeo go hae yo.

💬 "를/을"前表示被換物品，"로/으로"表示希望換成的物品。這個句式，常用於把某物換成某物時使用。表示"把什麼換成什麼"的意思。

186.mp3

能把支票換成現金嗎？	수표를 현금으로 바꿀 수 있어요？ Su pyo reul hyeon geum eu ro ba kkul su it eo yo?
在哪裏可以換美元？	어디서 미화를 환전할 수 있어요？ Eo di seo mi hwa reul hwan jwon hal su it eo yo?
我們銀行不能換美元。 對不起。	저희 은행은 미화로 환전할 수 없습니다. 죄송합니다. Jeo hui eun haeng eun mi hwa ro hwan jeon hal su eop seum ni da. Joe song ham ni da.
錢都換完了，請您確定 一下。	환전이 다 되었습니다. 확인해 보세요. Hwan jeon i da doe eot seup ni da. Hwak in hae bo se yo.

匯款

 🎧 187.mp3

上	您要往哪裏匯款？	어디로 송금하려고 하세요 ?
		Eo di ro song geum ha ryeu go ha se yo?
	我想往中國匯款。	중국으로 송금하려고 해요 .
		Jung guk eu ro song geum ha ryeo go hae yo.
上	您要匯多少錢？	얼마를 송금하려고 하세요 ?
		Eol ma reul song geum ha ryeu go ha se yo?
	我想匯款 100 萬元。	100 만원을 송금하고 싶어요 .
		Baek(100) man won eul song geum ha go sip eo yo.
	手續費是多少？	수수료는 얼마예요 ?
		Su su ryo neun eol ma ye yo?
	往中國匯 200 萬元的話，手續費是 2 萬。	중국으로 200 만원을 송금하려면 수수료는 2 만원입니다 .
		Jung guk eu ro i baek man won eul song geum ha ryeo myeon su su ryo neun i man won ip ni da.
	匯款什麼時候能到？	송금이 언제 도착할 수 있어요 ?
		Song geum i eon je do chak hal su it eo yo?
	兩小時內就可以收到。	2 시간내에 도착할 것입니다 .
		Du si gan nae e do chak hal geot ip ni da.

🎧 188.mp3

想要匯款，怎麼辦理？	송금하려면 어떻게 해야 돼요？ Song geum ha ryeo myeon eo tteot ge hae ya dwae yo?
要轉賬的話，需要多少時間？	계좌이체를 하려면 시간이 얼마나 걸려요？ Gye jwa i che reul ha ryeo myeon si gan i eol ma na geol ryeo yo?
請出示您的護照／外國人登陸證。	여권 / 주민등록증을 좀 보여 주세요 . Yeo gwon/ju min deung rok jeung eul jom bo yeo ju se yo.

貸款繳費

 189.mp3

我想貸款。	저는 대출하고 싶어요 .
	Jeo neun dae chul ha go sip eo yo.
您想貸款多少錢？	얼마를 대출하고 싶으세요 ?
	Eol ma ruel dae chul ha go sip eu se yo?
我能貸款 500 萬元嗎？	저는 500 만원을 대출할 수 있나요 ?
	Jeo neun o baek(500) man won eul dae chul hal su it na yo?
要辦理貸款怎麼辦？	대출하려면 어떻게 해야 돼요 ?
	Dae chul ha ryeon eo tteot ge hae ya dwae yo?
貸款申請書在這。填一下就可以了。	대출 신청서는 여기입니다 . 작성하시면 됩니다 .
	Dae chul sin cheong seo neun yeo gi ip ni da. Jak seong ha si myeon doep ni da.
您要繳什麼費用？	무엇을 납부하려고 하세요 ?
	Mu eot eul nap bu ha ryeo go ha se yo?
這可以交房租嗎？	여기서 월세를 납부할 수 있죠 ?
	Yeo gi seo wol se reul nap bu hal su it jyo?
我來交房租。	저는 월세를 납부하러 왔어요 .
	Jeo neun wol se reul nap bu ha reo wat eo yo.

🎧 190.mp3

我們銀行可以繳房費。	저희 은행은 월세도 납부됩니다 . Jeo hee eun haeng eun wol se do nap bu doep ni da.
如果給我現金，馬上給您辦理。	현금을 주시면 바로 해 드리겠습니다 . Hyeon geum eul ju si myeon ba ro hae deu ri get seup ni da.
這是現金 / 存摺。	여기는 현금 / 통장이에요 . Yeo gi neun hyeon guem/tong jang i e yo.

Column 7 佛國寺和石窟庵

佛國寺和石窟庵都位於慶州，是世界文化遺產。

佛國寺是韓國最大最精美的佛寺之一，坐落在古代新羅國王國的首都慶州。佛國寺的石造古蹟都是用花崗岩建造，其形態、建築方法均為當時土木建築技術之精髓，華麗宏偉，表現一種平衡和諧之美，是韓國石造藝術的代表。佛國寺是信奉佛教的新羅國國王法興王為祈求國家繁榮和平安而建造的。

現在的石佛寺建築重建於 751 年。過去佛寺有 80 餘座建築物，是現存建築物的十倍。

石窟庵坐落在佛國寺後面的吐含山上，是一個人工開鑿的石窟。在石窟庵裏有一座紀念性的佛像，面朝着海中的普密斯帕莎穆德拉。環繞在四周的神仙，菩薩和信徒的肖像，雕刻成頂部的和基座的浮雕，都非常逼真、精緻，屬於遠東地區佛教藝術傑作，普遍認為是世界上最精美的佛教石窟。石窟庵有一個長方形過道相連接。石窟庵和佛國寺於 1995 年最聯合國教科文組織列入世界文化遺產之中。

語法 7：" - 지 못하다"，用在動詞詞幹後面，表示否定的意思，不能做某事或沒能做某事。"不能……"

例：

ㄱ：내일 모임에 갈 거예요 ?
Nea il mo im e gal geo ye yo?
明天要去聚會嗎？

ㄴ：아니오 , 갑자기 일이 생겨서 못 가요 .
A ni o, gap ja gi il l seang gyeo seo mot ga yo.
不去，突然有點事情不能去了。

ㄱ：고기를 좋아해요 ?
Go gi reul jo a hae yo?
你喜歡吃肉嗎？

ㄴ：아니오 , 고기를 먹지 못해요 .
A ni o, go gi reul maok ji mot hae yo.
不，我吃不了肉。

ㄱ：어제 수업에 갔어요 ?
Eo je sue op e gat eo yo?
昨天去上課了嗎？

ㄴ：아니오 , 어제 아파서 못 갔어요요 .
A ni o, eo je a pa seo mot gat seo yo.
昨天生病了就沒能去。

Chapter 8

特殊場合

住宿

🎧 194.mp3

我想預訂一間從週五開始到週一的房間。	저는 금요일부터 월요일까지 방 하나 예약하고 싶은데요 . Jeo neun geum yo il bu teo wol yo il kka ji bang ha na ye yak ha go sip eun de yo. 🎬 這個句式，用於向賓館預訂房間時使用。表示"我想預訂一間從（哪天）到（哪天）的房間。"的意思。
我已經通過電話預訂了。	저는 이미 전화를 통해서 예약했는데요 . Jeo neun i mi jeon hwa reul tong hae seo ye yak haet neun de yo. 🎬 "- 를 / 을 통하다"，表示通過什麼方式的意思。這個句式，表示"通過（某種方式）預訂"的意思。
我想預訂一間單人房。	싱글룸을 예약하고 싶은데요 . Sing geul rum eul ye yak ha go sip eun de yo.
您預訂了 4 天的標間，對麼？	트윈룸을 4 일간 예약한 것이 맞습니까 ? Teu won reum eul 4 il gan ye yak han geot i mat seup ni kka?
給我單人間。	싱글룸 주세요 . Sing geul rum ju se yo.
包括早餐麼？	아침식사는 포함됩니까 ? A chim sik sa neun po jang doem ni kka? 🎬 這個句式，用於詢問所支付費用中，是否包含某項服務時使用。表示"包括（早飯）"的意思。
早飯可以在 6 層的餐廳享用。	아침 식사는 6 층에 있는 식당에서 하시면 됩니다 . A chim sik sa neun 6 chung e it neun sik dang e seo ha si myeon doep ni da.

🎧 195.mp3

請在明早6點叫醒我們。	내일 아침 6 시에 모닝콜을 해주세요 . Nae il a chim 6 si e mo ning kol eul hae ju se yo.
請說一下您的姓名和房間號碼。	성함과 룸넘버를 말씀해 주세요 . Seong ham gwa rum neom beo reul mal sseum hae ju se yo.
能告訴我叫醒服務的時間麼？	모닝콜시간을 알려주시겠습니까 ? Mo ning kol si gan eul al ryeo ju si get seum ni kka?
用信用卡結帳。	신용카드로 계산할게요 . Sin yong ka deu ro gye san hal ge yo.

💬 這個句式常用於結帳時使用。表示"以（什麼方式）結帳"的意思。

可以用美元結賬麼？	달러로 계산해도 될까요 ? Dal reo ro gye san hae do doel kka yo?
我個人覺得，單人房更好一些。	개인적으로 싱글룸이 더 좋겠는데요 . Gae in jeok eu ro sing keul rum i deo jot ket neun de yo.
這是房間鑰匙。	여기 룸키입니다 . Yeo gi rum ki ip ni da.

💬 這個句式，常用於把某物交給某人時使用。表示"這個是（房間匙）"的意思。

這個房間的遙控器找不到了，麻煩派個人過來。	이 방안에 리모콘을 찾을 수가 없어서 사람 좀 보내주시겠습니까 ? I bang an e ri mo kon eul chat eul su ga eop eo seo sa ram jom bo nae ju si get seup ni kka?

租房搬家

🎧 196.mp3

想租間公寓。	아파트를 임대하고 싶은데요 . A pa teu reul im dae ha go sip eun de yo. ⚙️ "임대하다"，"賃貸、租賃"的意思。這個句式，常用於求租時使用。表示"我想租（什麼）"的意思。
我想租一間房間。	원룸을 빌리려고 하는데요 . Won rum eul bil ri ryeo go ha neun de yo. ⚙️ "빌리다"，"借、租借"的意思。這個句式，常在求租時使用。表示"我想租借（什麼）"的意思。
房間裏有傢俱、家電麼？	방에는 가구나 가전제품이 있나요 ? Bang e neun ga gu na ga jeon je pum i it na yo?
房租是多少？	집세는 얼마예요 ? Jip se neun eol ma ye yo?
每個月 500 塊。	월당 500 원이에요 . Wol dang 500 won i e yo. ⚙️ "당"接尾詞，表示"每個"的意思。這個句式，常用於說明費用情況。表示"每個（月 / 年）多少錢"的意思。
房租包含煤氣費和電費麼？	집세에 가스나 전기비용이 포함되나요 ? Jip se e ga seu na jeon gi bi yong i po ham doe na yo?
訂金多少錢？	계약금이 얼마예요 ? Gye yak geum i eol ma ye yo?

什麼時候可以搬家？ 언제쯤에 이사할 수 있어요？

Eon je jjeum e i sa hal su it eo yo?

💬 "이사하다"，"搬家"的意思。這個句式，用於詢問搬家的日期時使用。表示"（什麼時候）可以搬家"的意思。

下周可以搬進來。 다음주에 들어올 수 있어요．

Da eum ju e deul eo ol su it eo yo?

我想要一個單人房，有空房間麼？ 원룸을 찾고 싶은데 빈방이 있어요？

Won rum eul chat go sip eun de bin bang i it eo yo?

聽起來還不錯，明天去看看吧。 듣기로는 괜찮을 것 같은데 내일 좀 가 보겠습니다．

Deut gi ro neun gwaen chan eul geot gat eun de nae il jom ga bo get seup ni da.

💬 這個句式，用於聽過房主介紹後時使用。表示"聽上去挺不錯的"的意思。

這個房間又乾淨又安靜，我很滿意。 이 방은 너무 깨끗하고 조용해서 마음에 들어요．

I bang eun neo mu kkae kket ha go jo yong hae seo ma eum e deul eo yo.

水龍頭漏水了。 수도꼭지에 물이 새요．

Su do kkok ji e mul i sae yo.

坐便堵住了。 변기가 막혔어요．

Byeon gi ga mak gyeot eo yo.

寄件

🎧 198.mp3

上 您要寄包裹嗎？	소포를 보내려고 하세요 ?
	So po reul bo nae ryeo go ha se yo?
上 我想把這封信寄到中國。	이 편지를 중국에 부치려고 하는데요 .
	I pyeon ji reul jung guk e bu chi ryeo go ha neun de yo.
	💬 " …에 " 表示目的地 ; " 부치다 / 보내다 " 都是指郵寄的意思。這個句式表示 " 想把（包裹）寄到（中國） " 的意思。
寄到哪裏？	어디로 보내 드릴까요 ?
	Eo di ro bo nae deu ril kka yo?
上 要怎麼寄？	어떻게 보내실까요 ?
	Eo tteot ge bo nae sil kka yo?
要掛號方式寄，還是用快遞？	등기우편으로 보내 드릴까요 ? 아니면 특급 우편으로 보내 드릴까요 ?
	Deung gi u pyeon eu ro bo nae deu ril kka yo? A ni myeon tteuk geup u pyeon eu ro bo nae deu ril kka yo?
裏面有什麼？	내용물 / 우편물이 뭐예요 ?
	Nae yong mul/u pyeon mul i mwo ye yo?
在包裝之前，能給我看看裏面裝的是什麼？	포장하기 전에 내용물 좀 보여주시겠습니까 ?
	Po jang ha gi jeon e nae yong mul jom bo yeo ju si get seup ni kka?
請問，要貼多少錢的郵票？	죄송하지만 얼마짜리 우표를 붙여야 합니까 ?
	Joe song ha ji man eol ma jja ri u pyo reul but yeo ya hap ni kka?

🎧 199.mp3

郵費取決於重量。 우편비는 무게에 따라 달라요 .

U pyeon bi neun mu ge e dda ra dal ra yo.

請稱一下這個包裹的 이 소포는 좀 무게를 달아보겠습니다 .
重量。

I so po neun jom mu ge reul dal a bo get seup ni da.

💬 "무게를 달다" 作為一個固定搭配，表示稱重的意思。這個句式，就是表示 "稱一下（包裹）的重量。" 的意思。

請把包裹放到秤上。 소포를 저울 위에 올려 놓으세요 .

So po reul jeo ul wi e ol ryeo no eu se yo.

如果用普通方式郵 일반우편으로 부치려면 보통 일주일 정도 걸려
寄，一般需要一周的 요 .
時間。

Il ban u pyeon eu ro bu chi ryeo myeon bo tong il ju il jeong do geol ryeo yo.

這包裹用快遞寄到中 이 소포는 특급우편으로 중국까지는 2 만원 이
國是兩萬元。 에요 .

I so po neun teuk geup u pyeon eu ro jung guk kka ji neun i man won i eyo.

取件

🎧 200.mp3

是來取包裹的嗎？	소포를 찾으러 오셨어요 ？ So po ruel cha jeu reo o syeot eo yo?
我來取包裹。	소포를 찾으러 왔어요 . So po reul chat eu reo wat eo yo.
上 您貴姓？	성함이 어떻게 되세요 ？ Seong ham i eo tteot ge doe se yo?
我叫劉敏。	저는 유민이라고 합니다 . Jeo neun yu min i ra go hap ni da.
是從哪裏寄來的？	어디서 보내온 소포예요 ？ Eo di seo bo nae on so po ye yo?
是從美國寄來的包裹。	미국에서 보내온 소포예요 . Mi guk e seo bo nae on so po ye yo.
我可以替別人取包裹嗎？	제가 다른 사람 대신 소포를 찾아도 되나 요 ？ Je ga da reun sa ram dae sin so po reul chat a do doe na yo?
如果替別人取包裹的話， 要出示身份證。	다른 사람 대신 소포를 찾으면 주민등록증 을 보여주셔야 해요 . Da reun sa ram dae sin so po reul chat eu myeon ju min deung rok jeung eul bo yo ju syeo ya hae yo.
上 我馬上給您找。	금방 찾아 드릴게요 . Geum bang chat a deu ril ge yo.

🎧 201.mp3

對不起。包裹現在還沒有到。	죄송합니다 . 소포는 아직 도착하지 않았어요 . Joe song ham ni da. So po neun a jik do chak ha ji an at eo yo.

💬 "아직" , 副詞，表示 "還，尚" 的意思。這個句式，表示 " (某物) 還沒有到達" 或者 " (某物) 尚未到達" 的意思。

好的，您的信件一到，我們就跟您聯繫。	알겠습니다 . 손님의 편지를 도착하는대로 연락드리겠습니다 . Al get sip ni da. Son nim ui pyeon ji reul do chak ha neun da ro yeol rak deu ri get sip ni da.

💬 這個句式，是一個固定搭配。表示 "一到就和你聯繫" 的意思。

請明天再來。	내일 다시 오세요 . Nae il da si o se yo.
請拿好包裹。	소포를 잘 받으세요 . So po reul jal bat eu se yo.

生病

🎧 202.mp3

上	哪裏不舒服嗎？	어디 아프세요？ Eo di a peu se yo?

有什麼樣的症狀？　어떤 증상이 있어요？
Eo tteon jung sang i it eo yo?

✿ "증상"，"症象、症狀"的意思。這個句式，用來詢問病人的症狀時使用。表示"有哪些症狀"的意思。

我頭／肚子／牙疼。　저는 머리／배／이가 아파요．
Jeo neun meo ri/bae/i ga a pa yo.

我感到眼睛很痛，　눈이 매우 아픕니다．계속 눈물이 납니다．
一直流眼淚。　Nun i mae wu a peup ni da. Gye sok nun mul i nap ni da.

我感冒了，今天好　감기에 걸려서 학교에 못 갈 것 같아요．
像不能去上學了。　Gam gi e geol ryeo seo hak gyo e mot gal geot gat a yo.

最近總是肚子痛，　요새 배가 자주 아프고 소화가 잘 안 돼요．
消化不太好。　Yo sae bae ga ja ju a peu go so hwa ga jal an dwae yo.

上	請給我開鎮痛劑。	진통제를 처방해주세요． Jin tong je reul cheo bang hae ju se yo.

✿ "처방"，"處方"；"처방하다"，"開處方"的意思。這個句式，用於請求醫生開藥時使用。表示"請給我開（什麼藥）"的意思。

打針的話，能好的　주사를 맞으면 빨리 회복할 수 있어요．
快點。　Ju sa reul mat eu myeon ppal ri hoe bok hal su it eo yo.

✿ "주사를 맞다"，"打針"，這是一個固定搭配，表示打針，注射的意思。

🎧 203.mp3

總是咳嗽，嗓子啞了。	자꾸 기침이 나서 목이 쉬었어요.
	Ja kku gi chim i na seo mok i swi eot eo yo.
這樣發熱的症狀有多久了？	이렇게 열이 나는 증상이 얼마나 됐어요?
	I reo ke yeol i na neun jung sang i eol ma na dwaet eo yo?

> 🎙 "…증상이 얼마나 됐어요?"，"……症狀多久了？" 這個句式，用於描述症狀持續時間的長短。表示"這樣的症狀有多久了"或者"這樣的症狀持續多久了"的意思。

從昨晚開始一直發燒。	어제 밤부터 계속 열이 나요.
	Eo je bam bu teo gye sok yeol i na yo.
最近太累了，渾身酸痛。	요즘 너무 힘들어서 몸살이 났어요.
	Yo jeum neo mu him deul eo seo mom sal i nat eo yo.
醫生，我的腰痛，痛得直不起腰。	의사선생님, 저는 허리가 아파서 허리를 펴 지 못 합니다.
	Ui sa seon saeng nim，jeo neun heo ri ga a pa seo heo ri reul pyeo ji mot ham ni da.

診症

🎧 204.mp3

這個感冒藥一天要吃三次。	이 감기약은 하루에 3 번씩 먹어야 합니다 . I gam gi yak eun ha ru e 3beon ssik meok eo ya hap ni da. 🔧 這個句式用於描述吃藥的頻率時使用。表示 " 這個藥一天要吃幾次 " 的意思。
這個感冒藥一次吃 2 粒。	이 감기약은 한번에 2 알씩 먹어요 . I gam gi yek eun han beon e 2 al ssik meok eo yo. 🔧 這個句式用於描述吃藥的頻率時使用。表示 " 這個藥一次要吃幾粒 " 的意思。
這個藥有副作用麼？	이 약은 부작용이 있나요 ? I yak eun bu jak yong i it na yo?
給您量一下血壓。	혈압을 재 보겠습니다 . Hyeol ap eul jae bo get seup ni da.
🔺 血壓有點高，雖然不嚴重，但是要多加注意。	혈압이 좀 높으시네요 . 심하지 않지만 특별히 주의하셔야 돼요 . Hyeol ap i jom nop eu si ne yo. Sim ha ji an ji man teuk byeol hi ju wi ha syeo ya dwae yo.
🔺 請躺在椅子上，讓我檢查一下。	의자에 누우세요 . 제가 한 번 검사해 보겠습니다 . Ui ja e nu u se yo. Je ga han beon geom sa hae bo get seum ni da.
這幾天應注意飲食。	요즘 음식에 주의해야 합니다 . Yo jeum eum sik e ju ui hae ya hap ni da.

🎧 205.mp3

看症狀您是食物中毒了，必需要紮針。	증세를 보니까 식중독인 것 같아요 . 주사를 맞아야 돼요 .
	Jeung se reul bo ni kka sik jung dok in geot gat a yo. Ju sa reul mat a ya dwae yo.
🔼 暫時不要喝酒，不要抽煙。	술과 담배는 당분간 하지 마세요 .
	Sul gwa dam bae neun dang bun gan ha ji ma se yo.
您得的是急性腸炎，需要住院治療。	선생님의 병은 급성 장염입니다 . 입원 치료 해야 합니다 .
	Seon saeng nim ui byeong eun geup seong jang yeom ip ni da. Ip won chi ryo hae ya hap ni da.
🔼 您的脈搏太弱了，應該吃點補藥。	선생님의 맥박이 약해요 . 보약을 좀 드셔야 돼요 .
	Seon saeng nim ui maek bak i yak hae yo. Bo yak eul jom deu syeo ya dwae yo.

探病

🎧 206.mp3

上 最近感覺怎麼樣？	요즘 어떠세요？ Yo jeum eo tteo se yo?
今天感覺怎麼樣？	오늘은 느낌이 어때요？ O neul eun neu ggim i eo ttae yo? 🎙 "느낌"是"感覺"的意思。
上 好很多了吧？	많이 좋아지셨죠？ Ma ni jot a ji syeot jyo? 🎙 "좋아지다"是指"好轉"的意思。
最近太忙了，所以來探病來晚了。	요즘 너무 바빠서 문병이 이렇게 늦게 되었어요. Yo jeum neo mu ba ppa seo mun byeong i i reot ge neut ge doe eot eo yo.
身體好像都恢復了。	건강이 이미 회복된 것 같네요. Geon gang i i mi hoe bok doen geot gat ne yo. 🎙 "이미"是副詞，指"已經"的意思。
手術做得不錯吧？	수술이 잘 끝났죠？ Su sul i jal kkeut nat jyo?
上 做手術遭了很多罪吧？	수술 때문에 고생이 많으셨죠？ Su sul ttae mun e go saeng i man eu syeot jyo? 🎙 "고생 많다"是指"受很多苦"

🎧 207.mp3

什麼時候能出院？　언제 퇴원하실 수 있어요？

Eon je toe won ha sil su it eo yo?

🐾 "퇴원하다"是"出院"；住院是"입원하다"。

受傷不是很重，真
是萬幸。

많이 다치지 않았으니까 다행이에요.

Man i da chi ji an at eu ni kka da haeng i e yo.

🐾 "다행이에요"表示"不幸中萬幸"的意思。

學校

🎧 208.mp3

取得學位後就馬上回來。	학위를 얻은 후 곧 돌아올 거예요 . Hak wi reul eot eun hu got dol a ol geo ye yo. 🔧 학위를 얻다 . 取得學位;這個句式表示 "取得學位" 的意思。
我想申請貴校的碩士課程。	저는 귀학교의 석사과정을 신청하고 싶어요 . Jeon eun gwi hak gyo ui seok sa gwa jeong eul sin cheong ha go sip eo yo. 🔧 這個句式,用於想向對方申請某種資格或條件時使用。表示 "我想申請(什麼)" 的意思。
我想確認一下有沒有申請這個專業的資格。	이 전공을 신청할 자격이 있는지 확인하려고 하는데요 . I jeon gong eul sin cheong hal ja gyeok i it neun ji hwak in ha ryeo go ha neun de yo.
上學期得到獎學金了麼? 1 等還是 2 等?	지난 학기의 장학금을 받았어 ? 1 등이야 ? 2 등이야 ? Ji nan hak gi ui jang hak geum eul bat at eo? 1 deung i ya? 2 deung i ya? 🔧 "…장학금을 받다" , 表示 "得到獎學金" 的意思。
想獲得獎學金的話,需要提供什麼材料?	장학금을 얻으려면 어떤 서류를 제공해야 하나요 ? Jang hak geum eul eot eu ryeo myeon eo tteon seo ryu reul je gong hae ya ha na yo?
和室友的關係很好。	룸메이트와 사이가 좋고 잘 지내고 있어요 . Rum me i teu wa sa i ga jot ko jal ji nae go it eo yo. 🔧 "…와 / 과 사이가 좋다" , "和……的關係好"。這個句式,表示 "和(某人)的關係很好" 的意思。

209.mp3

這個科目太難了，千萬不要選。	이 과목은 너무 어렵다고 해서 절대로 이 과목을 선택하지 마세요.

I gwa mok eun neo mu eo ryeop da go hae seo jeol dae ro i gwa mok eul seon taek ha ji ma se yo.

🔧 "…과목을 선택하다"，"選擇……科目"。這個句式，表示"選擇（某個）科目"或者"選擇（某個）課程"的意思。

現在做的兼職和我的專業毫無關聯。	지금 하고 있는 아르바이트는 내 전공과는 완전히 상관 없어요.

Ji geum ha go it neun a reu ba i teu neun nae jeon gong gwa neun wan jeon hi sang gwan eop eo yo.

🔧 "전공과는 상관 없다"，"與專業無關" 這是一個固定搭配，表示"與專業無關"或者"和專業沒有關係"的意思。

我想參加排球小組。	저는 배구동아리에 참가하고 싶어요.

Jeo neun bae gu dong a ri e cham ga ha go sip eo yo.

🔧 "…동아리에 참가하다."，"參加……活動小組" 這個句式，表示"加入（某個）活動小組"或者"參加（某個）活動小組"的意思。

為了週末考試取得好成績，這周每天都得熬夜了。	주말의 시험을 잘 보기 위해 이번 주에는 매일 밤을 새워야 할 거예요.

Ju mal ui si heom eul jal bo gi wi hae i beon ju e neun mae il ba eul sae wo ya hal geo ye yo.

🔧 "밤을 새워야 하다"，"得熬夜了"。這是個固定搭配，表示"熬夜"的意思。

🎧 210.mp3

能告訴我考試考了多少分麼？	제 시험점수가 몇점인지 알려줄 수 있어요？ Je si heom jeom su ga myeot jeom in ji al ryeo jul su it eo yo?
考試沒考好，英語不及格。	시험을 잘 치지 못하고 영어시험에 통과되지 못했어요． Si heom eul jal chi ji mot ha go yeong eo si heom e tong gwa doe ji mot haet eo yo.

✿ "…통과되지 못했어요"，"沒有通過，不及格"。這個句式，用於考試不及格，考試未通過的情況使用。表示"沒有通過考試"或者"考試不及格"的意思。

書店與圖書館

🎧 211.mp3

小説在哪裏？	소설이 어디에 있어요？
	So seol i eo di e it eo yo?

🎙 這個句式，用於詢問書的位置時使用。表示 "（什麼）書在哪裏？" 的意思。

這裏有李翊燮先生的書嗎？	여기 이익섭 선생의 책이 있어요？
	Yeo gi i ik seop seon saeng ui chaek i it eo yo?

這裏賣韓國語教科書嗎？	여기서 한국어 교과서를 파나요？
	Yeo gi seo han guk eo gyo gwa seo reul pa na yo?

能向我介紹一下最暢銷的是什麼嗎？	저한테 베스트셀러 좀 소개해줄 수 있나요？
	Jeo han te be seu teu sel reo jom so gae hae jul su it na yo?

讀什麼樣的書更容易打發時間？	시간 보내는데 어떤 책을 읽으면 좋을까요？
	Si gan bo nae neun de eo tteon chaek eul il geu myeon jot eul kka yo?

我對韓國小説最感興趣。	저는 한국소설에 관심을 가지고 있어요.
	Jeo neun han guk so seol e gwan sim eul ga ji go it eo yo.

🎙 這是一個固定搭配，表示對某物感興趣的意思。

和詩相比我更喜歡隨筆。	저는 시보다 수필을 더 좋아해요.
	Jeo neun si bo da su pl eul deo jota hae yo.

🎙 這個句式，用於比較兩個事物時使用。表示 "比起（前者），我更喜歡（後者）" 的意思。

212.mp3

這本書很難讀，不想買。	이 책은 읽기 힘들어서 안 살게요 . I chaek eun il gi ga him deul eo seo an sal ge yo.
我想找和韓國文化相關的書。	한국문화에 관한 책을 찾고 싶은데요 . Han guk mun hwa e gwan han chaek eul chat go sip eun de yo. 🔧 "…에 관한 책을 찾고 싶어요"，"我想找和……相關的書"。
對不起，這本書現在沒有庫存了。	죄송합니다만 이 책은 지금 재고가 없어요 . Joe song hap ni da man i chaek eun ji geum jae go ga eop eo yo. 🔧 "재고없다"，"沒貨了 / 沒庫存了"。這是個固定搭配，表示斷貨或者缺貨的意思。
碩士一次可以借幾本書？	석사이면 한 번에 책을 몇권을 빌릴 수 있나요 ? Seok sa i myeon han beon e chaek eul myeot gwan eul bil ril su it na yo?
用電腦能查到書的號碼。	찾으려는 책번호를 컴퓨터로 찾아볼 수 있어요 . Chat eu ryeo neun chaek beon ho reul keom pyu teo ro cha a bol su it eo yo.

🎧 213.mp3

書能借多久？　책을 얼마동안 빌릴 수 있어요？

Chaek eul eol ma dong an bil ril su it eo yo?

💬 這個句式，用於詢問書的借閱期限時使用。表示"可以借多久"的意思。

已經借出去了，一　이책을 이미 빌렸어요. 일주일후에 반납될 수 있
周後能夠返還。　어요.

I chaek eul i mi bil ryeot eo yo. Il ju il hu e ban nap doel su it eo yo.

求職

🎧 214.mp3

上 謝謝您能給我這個機會。	면접기회를 주셔서 감사합니다 . Myeon jeop gi hoe reul ju syeo seo gam sa hap ni da.
我先做一下自我介紹。	제가 자기소개부터 하겠습니다 . Je ga ja gi so gae bu teo ha get seup ni da.
我是首爾大學的畢業生。	저는 서울대 졸업생입니다 . Jeo neun seo ul dae jol eop saeng im na da.
我的專業是韓語。	제 전공은 한국어입니다 . Je jeon gong eun han guk eo ip ni da.
畢業後都做過什麼職業？	졸업한 후에 어떤 직업을 해 보셨어요 ? Jol ep han hu e eo tteon jik eop eul hae bo syeot eo yo?
畢業後一直做口譯。	졸업한 후에 지금까지 통역에 대한 일을 해 왔어요 . Jol eop han hu e ji geum kka ji tong yeok e dae han il eul hae wat eo yo.
選擇本公司的動機是什麼？	회사를 지원하는 동기가 뭐예요 ? Hoe sa ruel ji won ha neun dong gi ga mwo ye yo?
我喜歡有競爭的職業。	제가 경쟁이 있는 직업을 좋아해요 . Je ga gyeong jaeng i it neun jik eop eul jot a hae yo

🎧 215.mp3

我想知道年薪是多少。	저는 연봉에 대해 좀 궁금해요 . Jeo neun yeon bong e dae hae jom gung geum hae yo.
我的性格開朗,會和同事相處的很好。	저는 성격이 활발하고 동료들과 친하게 지낼 수 있다고 생각합니다 . Jeo neun seong geok i hwal bal ha go dong ryo deul gwa chin ha ge ji nael su it da go saeng gak ham ni da.
面試結果什麼時候能下來?	면접결과는 언제 나올 수 있어요 ? Myeon jeop gyeol gwa neun eon je na ol su it eo yo?
請下週一打電話確認面試結果。	다음 주 월요일에 전화로 면접결과를 확인하세요 . Da eum ju wol yo il e jeon hwa ro myeon jeop gyeol gwa reul hwak in ha se yo.

辦公室

🎧 216.mp3

會用傳真機麼？	이 팩스기를 어떻게 사용하는지를 알고 있어요？ I paek seu gi reul eo tteo ke sa yong ha neun ji reul al go I sseo yo?
給大韓航空公司的負責人發郵件了麼？	대한항공회사 담당자에게 팩스를 보냈습니까？ Dae han hang gong hoe sa dam dang ja e ge paek seu reul bo naet seum ni kka? 💬 "…에게 팩스를 보냈습니까？"，"給誰發傳真了麼？"
傳真機還是不好使。	팩스기가 계속 안 되고 있습니다． Paek seu gi ga gye sok an doe go it seup ni da.
這份合同列印出來以後發給我。	이 계약서를 프린트한 후 바로 보내드리겠습니다． I gye yak seo reul peu rin teu han hu ba ro bo nae deu ri get seup ni da.
傳真發送失敗。	팩스발송이 실패했습니다． Paek seu bal song i sil pae haet seup ni da.
這份報告什麼時候要？	이 보고서는 언제쯤 필요하나요？ I bo go seo neun eon je jjeum pil yo ha na yo?
下午會議之前能結束麼？	오후 회의전에 끝날 수 있어요？ O hu hoe ui jeon e kkeut nal su it eo yo?

🎧 217.mp3

打成正式格式麼？ 정식적양식으로 프린트할까요？

Jeong sik jeok yang sik eu ro peu rin teu hal kka yo?

💬 這個句式，用於詢問待列印的檔的格式時使用。表示 "打成（什麼樣的）格式麼？"的意思。

會用電子郵件麼？ 이메일을 사용할 줄 압니까？

I me il eul sa yong hal jul ap ni kka?

💬 "ㄹ／을 줄 알다"，慣用型，表示"會，能夠"的意思。這個句式，用於詢問對方是否會使用時使用。表示"知道……怎麼用麼？"或者"會……麼？"的意思。

從朋友那裏收到電 친구한테서 이메일을 받았어요．
子郵件。

Chin gu han te seo i me il eul bat at eo yo.

💬 這個句式，表示"從（某人）那裏收到（某物）"的意思。

民基，週二那天能 민기야，화요일에 저를 대신하여 출근할 수 있습
替我上班麼？ 니까？

Min gi ya，hwa yo il e jeo reul dae sin ha yeo chul geun hal su it seup ni kka?

💬 "를／을 대신하여"，表示代替的意思。這個句式，表示"能替我上班麼？"的意思。

很抱歉，我週末有 죄송합니다．제가 주말에 약속이 있어요．
約會了。

Joe song hap ni da. Je ga ju mal e yak sok i it eo yo.

我們公司的傳真機 우리 회사의 팩스기가 고장났습니다．
壞了。

U ri hoe sa ui paek seu gi ga go jang nat seum ni da.

💬 這個句式，用於機器出故障而不能工作時使用。表示 "壞了"或者"出故障了"的意思。

美容院

🎧 218.mp3

你是第一次來我們美容院吧？	저희 미용실에 처음이죠？ Jeo hui mi yong sil e cheo eum i jyo?
上 以前在這做過皮膚護理吧？	예전에 여기서 피부 관리하셨죠？ Ye jeon e yeo gi seo pi bu gwan ri ha syeot jyo?
您也經常去美容院嗎？	손님도 미용실에 자주 다녀요？ Son nim do mi yong sil e ja ju da nyeo yo?
您的皮膚有點乾，應該補水了。	손님의 피부는 좀 건조해요. 수분보충을 하셔야겠네요. Son nim ui pi bu neun jom geon jo hae yo. Su bun bo chung eul ha syeo ya get ne yo.
如今女性們都很重視皮膚護理。	요즘 여성들이 피부를 관리하는 데에 신경 을 많이 쓰는 것 같아요. Yo jeum yeo seong deul i pi bu reul gwan ri ha neun de e sin gyeong eul man i sseu neun geot gat a yo.
這個面膜對於補充水分很有效。	이 마스크 팩은 수분보충에 효과가 아주 좋아요. I ma seu keu paek eun su bun bo chung e hyo gwa ga a ju jot a yo.
上 那我給你推薦一種面膜。	그럼 제가 마스크 팩 하나 추천해 드릴게요. Geu reom je ga ma seu keu paek ha na chu cheon hae deu ril ge yo.

🎧 219.mp3

上	感覺怎麼樣？不錯吧！	느낌이 어떠세요？괜찮죠？
		Neu kkim i eo ddeo se yo? Gwaen chan jyo?
	首先充足的睡眠是美容的基礎。	우선 충분한 수면은 미용의 기초예요.
		U seon chung bun han su myeon eun mi yong ui gi cho ye yo.
上	我告訴您幾條關於皮膚護理的知識。	제가 피부 관리에 대한 지식을 몇 가지 알려 드릴게요.
		Je ga pi bu gwan ri e dae han ji sik eul myeot ga ji al ryeo deu ril ge yo.
	您要做整形手術嗎？	성형수술을 하시려고요?
		Seong hyeong su sul eul ha si ryeo go yo?
	要去哪裏做整形手術？	어디를 수술하고 싶은데요?
		Eo di reul su sul ha go sip eun de yo?
	我們這做切雙眼皮手術很有名。	저희는 쌍꺼플수술을 하는데 아주 유명해요.
		Jeo hui neun ssang geo pul su sul eul ha neun de a ju yu myeong hae yo.

髮廊

🎧 220.mp3

| 上 | 歡迎光臨。是要理髮吧？ | 어서 오세요. 머리 하러 오셨죠?
Eo seo o se yo. Meo ri ha reo o syeot jyo? |

| 上 | 請給我理髮。 | 머리를 좀 잘라 주세요.
Meo ri reul jom jal ra ju se yo. |

| 上 | 請稍等。馬上就給您做。 | 잠시만 기다리세요. 바로 해 드릴게요.
Jam si man gi da ri se yo. Ba ro hae deu ril ge yo. |

| 上 | 您的頭髮要怎麼做？ | 머리를 어떻게 해 드릴까요?
Meo ri reul eo tteot ge hae deu ril kka yo? |

| 上 | 留海要怎麼理？ | 앞머리 어떻게 해 드릴까요?
Ap meo ri eo tteot ge hae deu ril kka yo? |

| 上 | 兩鬢要怎麼理？ | 옆머리 어떻게 해 드릴까요?
Yeop meo ri eo tteot ge hae deu ril kka yo? |

| 上 | 請照原來的樣子剪短一些。 | 원래의 모양대로 좀 짧게 깎아 주세요.
Won rae ui mo yang dae ro jom jjap ge kkak a ju se yo.
🌸 "대로"，表示"依照、按照"的意思。這個句式，用於按照一定的樣式剪髮時使用。表示"請照着（什麼樣式）剪"的意思。 |

| 上 | 隨便弄，好看就行。 | 보기 좋게 알아서 해보세요.
Bo gi jot ke al a seo hae bo se yo.
🌸 "알아서 하세요."，"隨便弄"。這是一個固定搭配，表示"隨便（做）"的意思。 |

上 您喜歡什麼樣的髮型？ 　어떤 헤어스타일을 원하세요？

Eo tteon he eo seu ta il eul won ha se yo?

上 是要染髮嗎？ 　염색하실려고요？

Yeom saek ha sil ryeo go yo?

上 想染什麼顏色的？ 　어떤 색으로 염색하시려고요？

Eo tteon saek eu ro yeom saek ha si ryeo go yo?

上 想換個髮型，什麼樣的好呢？ 　새로운 헤어스타일 바꾸고 싶은데 어떻게 하는 게 좋을까요？

Sae ro un he eo seu ta il ba ggu go sip eun de eo tteot ge ha neun ge jot eul kka yo?

上 能給我推薦一下嗎？ 　좀 추천해 주실래요？

Jom chu cheon hae ju sil rae yo?

上 短髮好像很適合您。 　손님께 단발이 어울리는 것 같아요.

Son nim kke dan bal i eo ul ri neun geot gat a yo.

上 燙髮也很不錯。 　파마 하는 것도 괜찮은 것 같아요.

Pa ma ha neun geot do gwaen chan eun geot gat a yo.

上 給你燙大卷兒，還是小卷兒？ 　파마를 굵게 해 드릴까요？ 아니면 가늘게 해 드릴까요？

Pa ma reul gul ge hae deu ril kka yo? A ni myeon ga neul ge hae deu ril kka yo?

燙髮需要花費兩個小時。 　파마를 하려면 두시간이 걸려야 돼요.

Pa ma reul ha ryeo myeon du sig an i geol ryeo ya dwae yo.

🎧 222.mp3

染髮要花多長時間？	염색하려면 시간이 얼마나 걸려요 ? Yeom saek ha ryeo myeon si gan i eol ma na geol ryeo yo?
男性在夏天很適合剪平頭。	남성들은 여름에 스포츠머리 하는 게 좋은 것 같아요 . Nam seong deul eun yeo reum e seu po cheu meo ri ha neun ge jo eun geot gat a yo.
最近男性也有很多燙髮的。	요즘 남성들도 파마를 많이 해요 . Yo jeum nam seong deul do pa ma reul man i hae yo.

Column 8　韓國的節日

韓國是一個歷史悠久的國家，比較重視傳統的風俗和禮儀，同時也很注重傳統節日，韓國的傳統節日受中國的影響很大，主要的節日也和中國很相似。在韓國最大的傳統節日有兩個，一個是韓國的"春節"（農曆正月初一），叫做"설날"，全家要穿韓服，進行祭祖儀式，儀式一般在長子家中進行，用於祭祀的食物和次序都要求十分嚴格，是一項很重大的事情。韓國的第二大節日是"秋夕"（農曆八月十五），相當於中國的中秋節，是韓國的感恩節，這一天要吃一種半月型的點心"松餅"，主要是用芝麻、豆子、糯米等做成。

韓國這兩大傳統節日都是公休日，這天，人們一般都要回家和父母家人團聚，因此這天的交通會特別擁擠，達到幾近癱瘓的狀態。這也足以看出韓國人重視家庭，重視傳統的特點。

同時除了這兩大傳統節日之外，由於受西方的影響，聖誕節（陽曆的12 月 25 日）也成了韓國的一個節日。這天很有節日的氛圍，人們相互贈送禮物，去狂歡，處處都是一幅熱鬧的景象。

語法 8：" - 아 / 어애 하다 / 되다"，用在動詞和形容詞的詞幹後面，表示"應該，必須……"。

例：

ㄱ：언제까지 이 일을 끝내야 해요？
Eon je kka ji I il eul kkeut nae ya hae yo?
事情必須什麼時候做完？

ㄴ：내일까지 끝내야 해요．
Nae il kka ji kkeut nae ya hae yo.
明天為止必須做完。

ㄱ：한국에 가고 싶어요．
Han guk e ga go sip eo yo.
我想去韓國。

ㄴ：한국어를 잘해야 해요．
Han guk eo reul jal hae ya hae yo.
那必須要韓國語特別好啊。

ㄱ：일요일에 우리 집에 놀러 와요．
Il yo il e u li jip e nol reo wa yo.
周日來我家玩吧。

ㄴ：미안해요．시험이 있어서 열심히 공부해야 해요．
Mi an hae yo. Si heom I it eo seo yeol sim hi gong bu hae ya hae yo.
不好意思，我有考試必須要好好學習。

自學韓語：實況溝通90篇

作者
陳佩佩

講讀
金佑娟　元成俊

編輯
林榮生

美術設計
陳玉菁

排版
何秋雲

出版者
萬里機構出版有限公司
香港鰂魚涌英皇道1065號東達中心1305室
電話：2564 7511
傳真：2565 5539
電郵：info@wanlibk.com
網址：http://www.wanlibk.com
　　　http://www.facebook.com/wanlibk

發行者
香港聯合書刊物流有限公司
香港新界大埔汀麗路36號
中華商務印刷大廈3字樓
電話：2150 2100
傳真：2407 3062
電郵：info@suplogistics.com.hk

承印者
中華商務彩色印刷有限公司

出版日期
二零一八年五月第一次印刷